I0656199

NOUVELLES

DE

BANDELLO

—

TOME I

Tiré à trois cents exemplaires

NOUVELLES
DE
BANDELLO

Dominicain, Évêque d'Agen

(XVIe SIÈCLE)

Traduites en Français pour la première fois

TOME I

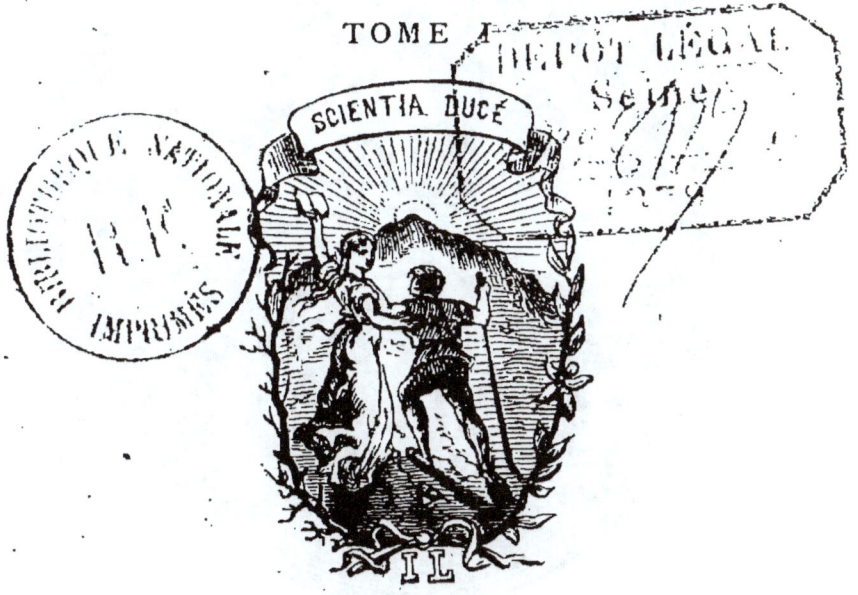

SCIENTIA DUCE

IL

PARIS

Isidore LISEUX, Éditeur

Rue Bonaparte, n° 2

1879

AVERTISSEMENT

MATTEO BANDELLO n'est pas tout à fait aussi ignoré en France que bien d'autres *Novellieri* Italiens d'une valeur égale ou supérieure à la sienne; il occupe même chez nous un assez bon rang, grâce à trois circonstances particulières. Henri II, pour le récompenser de son attachement à notre cause durant les guerres d'Italie, en fit un prélat Français, un Évêque d'Agen; Shakespeare lui emprunta le sujet le plus populaire de ses tragédies, *Roméo et Juliette*, et la critique littéraire, toujours curieuse des sources d'où ont jailli les chefs-d'œuvre, s'est trouvée ainsi amenée à remettre en lumière celui qui passait pour le premier metteur en scène de ce dramatique sujet; deux écrivains Français du XVI° siècle, Boaistuau et son continuateur Belleforest, popularisèrent Bandello, et c'est par eux que Shakespeare le connut; leurs *Histoires tragiques, extraites de l'Italien de Bandel,* eurent plusieurs éditions consécutives. Voilà ses titres à la notoriété; ils sont pourtant de nature à le faire juger assez inexactement. Évêque, Bandello le fut le moins possible; à peine s'il exerça les fonctions épiscopales, s'étant empressé de déléguer ses pouvoirs à un collègue, afin de rester homme du monde, de vaquer à ses études favorites et de recueillir ses Nouvelles, dont il comptait se prévaloir auprès de la postérité bien plus que de la qualité de prélat; le sujet de *Roméo et Juliette* ne lui appartient pas absolument : il l'avait trouvé chez un autre conteur, Luigi da Porto, et se l'était approprié en lui donnant des formes nouvelles, une plus grande délicatesse dans la mise en scène, en en fai-

sant un récit mieux lié, mérites qui sont
grands assurément, mais qui ne peuvent
faire oublier le premier inventeur; enfin,
les *Histoires tragiques* de Boaistuau et de
Belleforest sont leur œuvre personnelle à
peu près autant que celle de Bandello, et le
Privilège qui leur conférait le droit de publier ces Histoires était parfaitement dans
le vrai en constatant qu'elles sont « traduites et enrichies *outre l'invention de l'auteur* ».
Il y a, en effet, dans leur recueil, beaucoup
trop de *richesses* qui leur sont propres. Non
contents de bouleverser tout l'ordre des
Nouvelles, afin de justifier leur titre en ac-
cordant la préférence aux plus tragiques, de
retrancher les Dédicaces, qui donnent à
chacune d'elles son cadre particulier, de ne
respecter ni le style ni la manière de l'auteur, c'est-à-dire ce qui constitue sa person-
nalité littéraire, ils ont fréquemment modifié
ses récits, altéré les circonstances, imaginé
d'autres dénouements et intercalé partout
des réflexions, des souvenirs de l'histoire
Grecque et Romaine, des harangues, des
lettres, des sonnets, des romances dont le
texte n'offre pas la moindre trace.

Une chose frappe pourtant dans ce fatras
et lui valut, il y a trois cents ans, une foule
de lecteurs : c'est l'étonnante diversité et
l'intérêt de ces Nouvelles, qui offrent pour
la plupart les péripéties, les développements
de caractère et de passion des romans mo-
dernes. En les accommodant au goût du
jour, par de désastreuses amplifications, la
prétendue traduction Française n'a pu entièrement leur enlever ce qui en constitue
le nerf et l'attrait principal. Depuis Boccace,
personne n'avait rassemblé un tel nombre
de récits, de genres si variés, d'un accent si
vrai, et tous de nature à piquer la curio-
sité, à exciter l'émotion. A ces mérites, qui
sont ceux du fond, il faut joindre ceux de
la forme, entièrement annulés par Belleforest, mais très-réels dans le texte original,
bien que Bandello se défende d'être un sty-
liste et allègue qu'en qualité de Lombard il
peut lui arriver d'écorcher la pure langue
Florentine. Quoi qu'il en dise, c'est un
écrivain du genre fleuri, habile à tout exprimer, et fort élégamment, à l'aide de mé-
taphores ingénieuses, ne dédaignant pas le
mot pour rire, et enjolivant jusqu'aux situa-

.tions les plus brutales. S'il est parfois incorrect (il en demande l'absolution, croyons-le sur parole), ce n'est pas impuissance de mieux faire, c'est plutôt crainte que sa prose ne sente l'huile ; il écrit comme il aurait conté dans un cercle de galants seigneurs et de jolies femmes, sachant très-bien qu'on lui pardonnera une tournure familière, une répétition, s'il relève ces négligences par un trait délicat, une finesse de causeur, un mot piquant.

Pour restituer à ces Nouvelles leur véritable caractère, il ne suffisait pas de les traduire plus exactement qu'au xvi⁰ siècle, il fallait encore leur rendre le cadre dans lequel l'auteur les avait placées. Bayle, en excusant Boaistuau et Belleforest de leur mauvais style, déclarait ne pouvoir leur pardonner d'avoir ajouté, retranché, modifié mille choses, et surtout d'avoir supprimé les Dédicaces ; elles font partie intégrante du récit et n'en peuvent être distraites sans amoindrir l'intérêt. « Les Épîtres qui précèdent les Nouvelles, et qui leur servent d'introduction ou de commentaire, nous font connaître », dit Ginguené, « l'origine, l'occasion, les circonstances, les témoins de l'évenement, et même le but, toujours moral, que le conteur se propose; quelquefois on y trouve un tableau des opinions, des mœurs du temps auquel se rapporte le sujet de la Nouvelle, ce qui la rend encore plus vraisemblable et plus intéressante. C'est ainsi qu'il trace à Lancino Curzio et à Bartolomeo Ferraro, philosophe et poëte, le tableau le plus vrai et le plus affligeant des vices dominants des femmes et des hommes de son temps. Il nous parle des erreurs des Protestants, mais sans taire les vices des Catholiques, et surtout des ecclésiastiques, qui les ont occasionnées. Il cherche encore à rétablir le véritable caractère politique ou littéraire de certains personnages que l'histoire ou la tradition vulgaire avaient altéré. » (*Histoire littéraire d'Italie*, tome VIII.)

Depuis Boccace, les Conteurs se mettaient presque tous l'esprit à la torture pour relier entre eux leurs récits, les encadrer dans une fiction agréable qui leur donnât en outre quelque vraisemblance. Mais il était difficile de surpasser, ou même d'égaler cette poétique mise en scène du *Décaméron*, dont les contrastes produisent un effet si puissant; le mieux qu'on imagina, ce fut de l'imiter. Ser Giovanni Fiorentino, Mariconda, Parabosco se contentèrent de diviser leurs histoires par séries, qu'ils appelèrent des Journées, comme Boccace; en une seule Journée, bien remplie, Firenzuola fit tenir toutes sortes de dissertations amoureuses et une dizaine d'agréables Nouvelles; Grazzini, plus connu sous le nom de Lasca, imagina une suite de Soupers (*Cene*) où chaque convive tient le dé à son tour; chez Strapparola ce sont des Nuits, ou plus exactement. des Veillées; le prétexte des *Cent Nouvelles* de Giraldi, c'est la retraite à Marseille d'un certain nombre de réfugiés du sac de Rome, qui trompent les ennuis de l'exil par d'amusantes causeries; Erizzo, dans ses *Six Journées,* nous présente une petite société d'étudiants de Padoue s'exerçant, sur des sujets d'histoire ancienne et moderne, à l'art de la parole. Aucune de ces fictions n'a d'intérêt, et Sacchetti avait été peut-être mieux avisé en s'en passant. Bandello ne voulut pas suivre la route commune; en

faisant précéder chacune de ses Nouvelles
d'une dédicace, il leur donnait à toutes un
cadre particulier, ce qui est assez ingénieux,
et, par la même occasion, se disculpait à
l'avance du reproche qu'on pourrait lui
faire de traiter des sujets déjà mis en œuvre
par d'autres. Ce n'est jamais lui qui raconte ; il n'a l'air que de servir de secrétaire
aux personnages qu'il désigne dans les Épîtres dédicatoires et de la bouche desquels il
tient les détails, qu'il s'est borné, nous dit-
il, à coucher sur le papier. Sa première Nouvelle, les *Noces sanglantes* (nous lui con-
servons ce titre, qui lui a été donné dans la
présente traduction), se trouve presque mot
pour mot dans Machiavel (*Istorie Fioren-
tine, lib. II*, 2 et 3) ; mais Bandello déclare
l'avoir entendu raconter à l'Alamanni, qui
peut-être la tenait de Machiavel ; Luigi da
Porto a le premier traité le sujet de *Roméo
et Juliette*, mais Bandello nous le donne
comme un récit que fit da Porto lui-même,
en sa présence, aux bains de Caldiero ; et
ainsi des autres. Ces questions de priorité
entre Conteurs n'ont, d'ailleurs, pas grand
intérêt ; un sujet maintes fois traité appar-

tient, en définitive, à celui qui en a tiré le meilleur parti, et il convient de réserver l'accusation de plagiat aux véritables faits de piraterie, comme lorsque Brevio, un autre Évêque, s'appropriait, sans y changer un mot, le *Belphégor* de Machiavel et l'insérait dans ses œuvres. Bandello, qui emprunte beaucoup aux uns et aux autres, y met toujours du sien, et quelquefois d'une façon assez amusante; ainsi, en reprenant un vieux fabliau Français, les *Deux Changeurs* (Legrand d'Aussy, tome IV), pour en tirer sa III° Nouvelle, il intervertit très-judicieusement l'ordre des deux historiettes qui la composent, de façon à présenter le mauvais tour joué par Pompeio à Eleonora comme une revanche, tandis que le Changeur du fabliau, bafouant sa maîtresse sans provocation aucune, est assez odieux. Il ne se contente pas de cela, il nous fait sourire avec les précautions qu'il prend de ne pas désigner la ville où la scène se passe, de cacher les noms des personnages, parce que, dit-il, s'expliquer plus au clair ce serait vouloir mettre l'épée à la main à nombre de ses amis. Les héros de l'aventure, si tou-

tefois elle n'est pas tout à fait imaginaire,
étaient morts depuis deux ou trois cents
ans; mais le moyen de ne pas ajouter une
foi entière à un homme si prudent et si
scrupuleux !

Un autre reproche, qui lui a été adressé
avec tout autant de raison que celui de plagiat, c'est d'avoir une sorte de préférence
pour les contes licencieux; ses deux anciens
imitateurs Français, qui ne voyaient chez
lui qu'aventures tragiques, se seraient donc
bien trompés! Apostolo Zeno va jusqu'à
dire que « la liberté des tableaux, et même
des expressions, dans ses Nouvelles, ne fait
honneur ni au Religieux qui les a écrites,
ni à l'Évêque qui les a publiées; » Corniani
le vilipende en qualité d'apologiste des passions : Bandello se contente d'en être le
peintre, un peintre d'un coloris souvent vigoureux, et c'est abuser de la plaisanterie
que de lui reprocher de chercher l'émotion
et l'intérêt là précisément où il a chance de
les rencontrer, dans les passions. Les trois
Vertus théologales sont de charmantes personnes, capables d'inspirer d'excellentes ho-
mélies, mais on n'en a que faire à moins

qu'on ne rédige les Vies des Saints; tant
qu'il y aura au monde des poètes, des conteurs et des romanciers, ils s'adresseront de
préférence aux sept Péchés capitaux : voilà
les Saints de leur calendrier (1).

(1) *Note de l'Éditeur*. — Cette traduction des
Nouvelles de Bandello est l'œuvre d'une personne
qui désire rester anonyme; elle a été seulement re-
vue et légèrement retouchée par M. Alcide Bonneau,
traducteur des *Nouvelles* de Sacchetti, et notre
coopérateur le plus assidu depuis trois ans.
L'*Avertissement* qui précède a été écrit par M. Bonneau.

VIE

DE

MATTEO BANDELLO

ÉCRITE PAR LE

COMTE GIAMMARIA MAZZUCHELLI

 ATTEO Bandello, Domini-
cain, célèbre auteur de
Nouvelles, naquit à Ca-
stelnuovo, dans le pays de
Tortone; il florissait au
commencement du XVIᵉ siècle et vécut
jusque vers 1560. Il avait pour oncle
ce Père Vincenzio Bandello, trente-
sixième général de l'Ordre des Domini-
cains, élu en 1501 et mort en 1506. On

sait que notre Matteo alla jeune encore à Rome : il semble donc très-vraisemblable qu'il s'y rendit soit à cause de son oncle, soit même sur sa demande, et qu'il fut ainsi amené à revêtir l'habit des Frères Prêcheurs. Il entra au couvent de Santa-Maria delle Grazie à Milan, mais il paraît avoir voyagé beaucoup et séjourné dans la plupart des villes d'Italie, surtout en Lombardie, et même en dehors de la Péninsule. Il était présent, nous le savons, au décès de son oncle, mort en 1506 au couvent d'Altomonte, en Calabre, et il eut la charge, à lui donnée par le défunt, de faire transporter et enterrer le corps à Naples dans l'église de San-Domenico ; il n'est donc pas invraisemblable qu'il ait suivi son oncle dans ses longs voyages à travers l'Italie, en France, en Espagne et en Allemagne, pour visiter les couvents de son Ordre. Mais il semble que Matteo habita surtout Mantoue et ses environs, où il contracta et entretint une liaison d'amitié avec Jules-César Scaliger, et où il fut le précepteur de la célèbre Lucrezia Gonzaga ; elle recon-

naît dans une de ses lettres qu'il lui tra-
duisit Euripide et qu'à Castel Giuffrè,
dans le pays de Mantoue, il lui insinua
dans le cœur de sages préceptes. C'est
là qu'il jouit longtemps de la bienveillance et des faveurs de Pirro Gonzaga
et de Camilla Bentivoglia, père et mère
de Lucrèce. Il était non-seulement in-
struit, l'ami des lettrés et des gens les
plus illustres de son époque, mais encore
habile et adroit en politique, et dans les
affaires séculières. Aussi plusieurs princes et grands seigneurs l'employèrent-
ils dans quelques-unes de leurs négociations. Il eut ainsi l'occasion d'amasser,
pour ses travaux, bon nombre de dissertations, de notices historiques et littéraires; il y en eut beaucoup qui lui ser-
virent pour composer ses Nouvelles;
mais une catastrophe vint interrompre
ses travaux. C'était vers 1525 : la guerre
sévissait entre les Espagnols et les Français, et il suivait, ainsi que son père, le
parti Français. Les Espagnols s'emparè-
rent de Milan, brûlèrent sa maison pa-
ternelle, confisquèrent ses biens et mi-

rent au pillage la chambre où il avait
ses manuscrits ; il trouva cependant
moyen de changer de costume, d'abandonner Milan, et il fut obligé d'errer de
côté et d'autre, de ville en ville, comme
un fugitif, pour sauver sa vie. Il finit
par revenir à Milan ; il y trouva ses travaux littéraires mis à mal de la belle façon, et peut-être jugea-t-il alors à propos,
ennuyé qu'il était de ses malheurs et de
ceux de sa patrie, de conserver l'habit
qui lui avait servi de déguisement dans
sa fuite. Il vint à la cour de Cesare Fregoso, autrefois général des Vénitiens, et
de Costanza Rangoni, sa femme ; il se
retira en France avec eux et il demeura
quelque temps dans leur château de
Bassen près d'Agen, en Aquitaine, où il
payait en éloges et en prédictions favorables leur hospitalité. Il rentra là en
possession d'une partie de ses manuscrits qu'un de ses amis avait pu tirer des
mains des Espagnols ; des amis à qui il
en avait autrefois adressé d'autres les
lui renvoyèrent, et il s'occupa tranquillement de les réunir et de les perfection-

ner. A cette époque, Cesare Fregoso, qui se rendait à Venise comme ambassadeur du roi François Ier, fut tué pendant le voyage par ordre du marquis del Vasto, gouverneur de Milan, le 2 Juillet 1541, et le Bandello se vit privé de son principal appui. Peu de temps après, le roi Henri II, successeur de François Ier, voulant récompenser la maison de Fregoso, nomma notre Matteo à l'évêché d'Agen, qu'avait laissé vacant la mort de Jean de Lorraine, arrivée le 10 mai 1550; la moitié du revenu de cet évêché était réservée à Ettore Fregoso, fils de Cesare; le souverain pontife Jules III approuva ces arrangements, et notre Bandello fut sacré évêque d'Agen le 1er Septembre 1550. Il laissa le gouvernement de son évêché à Giovanni Valerio, évêque de Grasse, et ne s'occupa que de travaux et de compositions littéraires. On ne sait pas quand il mourut, mais, si nous voulons ajouter foi à ce que disent les frères de Sainte-Marthe, il était encore vivant en 1561. Il eut pour successeur Giano Fregoso, autre

1.

fils de Cesare, mort, à ce qu'il semble, en 1586. Il a composé les œuvres suivantes :

I. *Titi Romani Ægesippique Athenensis amicorum historia in Latinum versa per F. Matthæum Bandellum Castronovensem Ord. Predicator., nominatim dicata clarissimo adolescenti Philippo Saulo Genuensi, Juris Cæsarei atque Pontificii alumno, ex ædibus Gratiarum Idib. Sept.* MDVIII. *Mediolani apud Gottardum Pontium, 1509, in-8°.* C'est la fameuse Nouvelle de *Tito e Gisippo*, de Boccace, insérée dans son *Décaméron*, Nouvelle VIII de la Xe Journée, et traduite en Latin par le Bandello. Vossius s'est étrangement trompé en disant que cette traduction fut faite en langue vulgaire par Matteo, et Bayle, sur la foi de Vossius, a reproché à Moréri d'avoir oublié cette particularité dans son *Grand Dictionnaire*. Peut-être Vossius a-t-il été induit en erreur par Antoine de Sienne et par Possevin, qui furent copiés par Ghilini et qui ignoraient que la version originale de cette nouvelle se trouve

dans Boccace ; peut-être aussi la substi-
tution faite par le Bandello du nom
Latin d'Ægesippus au nom Italien de
Gisippo les a-t-elle empêchés de s'apercevoir de l'identité des sujets. L'étourde-
rie du Fontanini n'est pas moindre : il a
écrit que le Bandello a mis en langue
vulgaire l'Hégésippe Latin de Saint Ambroise ; cette phrase renferme trois erreurs : la première consiste à dire que la
traduction fut faite en langue vulgaire,
tandis qu'elle a été faite réellement de
la langue vulgaire en Latin ; la seconde
est de croire qu'il s'agit ici d'Hégésippe,
écrivain Grec ; et la troisième est de pré-
tendre que le Bandello l'a traduit du
Latin de Saint Ambroise, tandis qu'on
ne sait pas que Saint Ambroise ait jamais traduit en Latin le Grec Hégésippe.
Ces fausses allégations du Fontanini
ont été aveuglément reproduites dans la
Biblioteca de' Volgarizzatori.

II. *Canti XI* (en vers de huit pieds)
*composti dal Bandello, delle lodi della
Sig. Lucrezia Gonzaga di Gazuolo, e
del vero amore, col Tempio di pudicizia,*

e con altre cose per dentro poeticamente descritte. *Le Tre Parche da esso Bandello cantate* (en trois chapitres) *nella natività del Sig. Giano, primogenito del Sig. Cesare Fregoso e della Sig. Costanza Rangona sua consorte*, in-8°, sans indication du lieu ni de l'année de l'impression. Il en existe une autre édition, à la fin de laquelle on lit : *Si stampavano in Guienna, ne la Città di Agen, per Antonio Reboglio, del Mese di Marzo del 1545*, in-8°. Il y a à la fin un sonnet du Bandello et une épigramme de Girolamo Fracastoro *in Bandelli Parcas, ad Janum Cæsaris Fregosi filium*, et au commencement se trouve une épigramme de Jules-César Scaliger *in Bandelli amores pro D. Heroina Lucretia Gonzaga Pyrri filia*. En tête des *Tre Parche* on lit une lettre du Bandello au comte Guido Rangone, datée *di Verona, 15 Gennajo 1531*. Ces éditions sont toutes les deux très-rares.

III. *Le Novelle del Bandello. In Lucca, presso il Busdrago, 1554*, trois tomes in-4°. *Tomo IV, in Lione, per Alessan-*

dro Marsilj, *1573*, in-8; *e poi corrette
da Ascanio Centorio degli Ortensj* (qui
a mis en tête de chaque Nouvelle une
morale), *in Milano, per Gio. Antonio
degli Antonj, 1560*, trois tomes in-8°.
De nouveau *corrette da Alfonso Ulloa,
in Venezia, per Camillo Franceschini,
1566*, in-4°, et, en dernier lieu, *in Lon-
dra, presso l'Harding, 1740*, quatre
tomes in-4°. Cette réimpression a été
faite d'après l'édition de Lucques, qui
est la plus complète et la plus estimée
de toutes, mais il faut y joindre le tome IV,
imprimé à Lyon en 1573, dans le-
quel on trouve sous le n° XXVII la Nouvelle de Simone Turchi; cette Nouvelle,
sur les instances des parents, avait été
enlevée de l'édition de Lucques, comme
il est dit à la page 151 ; cet ensemble est
très-rare et difficile à réunir ; il est surtout difficile de trouver le tome IV imprimé à Lyon.

On a de ces Nouvelles une traduction
en prose Française, faite par Pierre
Boaistuau, qui n'a traduit que les six
premières, et par François de Belleforest,

qui a traduit le reste, mais avec peu d'exactitude. Cette traduction a été imprimée à Paris et à Anvers, en 1567 et 1568, 7 tomes in-8°; puis à Lyon, chez Jérôme Farina, en 1578, 4 tomes in-16; puis à Paris en 1579, également en 7 tomes in-16; à Paris, 1582, in-16, et à Turin, par César Farina, 1570 et 1582, in-16; à Lyon en 1591 et 1596, 7 tomes in-16; enfin à Roanne, 1603, 8 tomes in-16.

Ce sont de courts récits d'événements curieux, traités dans le genre des Nouvelles de Boccace. Chaque volume en contient un bon nombre et elles sont toutes précédées d'une Épître dédicatoire que le Bandello adresse à ses amis. Dans ces Épitres, qui ont été omises dans les réimpressions faites en 1560 et 1566, il raconte le plus souvent quand et comment les événements dont il va faire le récit et qu'il donne pour authentiques sont parvenus à sa connaissance. Le style en est étudié et soigné, quoiqu'il se soit trouvé des gens pour dire le contraire; il ne peut cependant pas être comparé à celui de Boccace. En revanche un grand

nombre de ces Nouvelles étaient autant
de licence que celles de Boccace, toutes
les fois qu'il y est question d'amour ; le
Bandello n'a pas mérité en cette circonstance les éloges des gens sages qui, au
contraire, se sont étonnés de voir un Religieux, un Régulier, Évêque par-dessus
le marché, écrire et publier des récits si
impurs, si profanes. Les pères Quetif et
Echard eux-mêmes, parlant de lui et obligés de rappeler ses Nouvelles, n'ont pas
pu dissimuler complètement leur confusion en disant que *puderet referre (hæc
opera) ut virum Religiosum minime de-
centia, nisi manibus omnium versarentur.*
Il y a cependant deux choses que nous
voulons faire observer ici, non pas pour
décharger complètement le Bandello,
mais pour amoindrir sa faute : la première, c'est qu'autant qu'on en peut juger
par les Épîtres dédicatoires qui les précèdent, ces Nouvelles ont été écrites par
lui très-longtemps avant qu'il fût Évêque et qu'il allât en France ; la seconde,
c'est que, bien que les trois premiers
volumes des Nouvelles aient été impri-

més pendant qu'il était Évêque, son nom, ni moins encore sa dignité n'ont jamais été inscrits sur le titre ni ailleurs. On y a mis seulement son nom de famille, ainsi : *Le Novelle del Bandello*, et en tête des Épîtres dédicatoires on lit uniquement : *Il Bandello*. Cette circonstance a donné à quelques personnes lieu de douter que notre Matteo fût le véritable auteur des Nouvelles. On a prétendu que leur auteur est non pas lui, mais un certain Giovanni Bandello, de Lucques. Cette opinion est, à notre avis, sans fondement et ne se tient pas debout en présence des raisons qu'on peut lui opposer. Six des Nouvelles du Bandello se trouvent dans le VIIe volume du *Novelliero Italiano*, *in Venezia*, *presso Giovan Battista Pasquali*, 1754, in-8º.

IV. Il a composé beaucoup d'autres ouvrages qui n'ont jamais été imprimés, à notre connaissance. Leandro Alberti nous a laissé des notes sur quelques-uns d'entre eux. Cet Alberti, après avoir appelé Matteo *virum in scribendo flo-*

ridum, clarum, nitidum, emunctum et accuratum, cujus insignes dotes si narrare voluero, me potius tempus deficeret, continue en ces termes : *Ejus scripta totum illum effingunt, videlicet Ægysippus suus Latinus, quem aliquando vernaculum Latine et erudite loqui fecerat; Orationes diversæ et imprimis illa per eum habita coram Senatu Populoque Firmano, anno Domini MDXIII, pro gratiarum actionibus pro Synodo nostra, in qua origo, et res gestæ Firmanæ civitatis tam opulente, tam ample ac eleganter continentur, ut a Firmanis exemplum continuo in Archivis Urbis pro æterna memoria reponeretur ; et Carmina vernacule composita, ut Franciscum Petrarchum protinus revixisse omnes testari ac affirmare possent. Missa facio cætera Opera, ut quorumdam illustrium virorum ex Plutarcho Vitas brevi Epitomate complexas, et Vitam patrui sui Vincentii Bandelli ac nonnullorum virorum insignium, etc.* Une de ces Vies est peut-être celle de Gio. Battista Cattaneo, mort de la peste en 1504, dont le Pio a fait mention. Nous savons encore que l'on conserve un recueil de ses Rimes à la Bibliothèque royale de Turin, dans le manuscrit marqué (parmi les Italiens) du numéro CXXXVI, K I, 33 ; on y trouve notamment une de ses Canzones intitulée : *Delle divine doti di Madama di Margharita di Franza, figliuola del Cristianissimo Re Francesco* I. Quelques-unes de ses Poésies sont imprimées parmi celles *di diversi in lode di D. Lucrezia Gonzaga, etc., in Bologna per Gio. Rossi,* 1565, in-4°. Un sonnet de lui, extrait d'un manuscrit de la Bibliothèque Riccardiana, de Florence, marqué O, 1v, a été publié par l'éminent docteur Gio. Lami, à la page 57 de son Catalogue des Manuscrits de ladite Bibliothèque. Son *Discours au Sénat et au peuple de Fermo,* dont il a été ci-dessus parlé, était conservé manuscrit dans les Archives de cette ville à l'époque du Ghilini, qui en fait mention. Le même Leandro Alberti parle ailleurs d'un Discours qu'il prononça à la louange de Francesco Gonzaga, marquis de Mantoue, le jour de son anniversaire, en présence de Federigo, son fils, et de toute la ville. Les Actes du Chapitre général de son Ordre, tenu à Valladolid en 1525, font mention d'un *Officium de B. Laʒaro,* composé par lui. Le Bandello parle lui-même d'un *Gran Vocabolario Latino raccolto da tutti li migliori Scrittori,* qu'il avait composé et qui périt dans le pillage de Milan dont il a été parlé plus haut. Enfin, parmi les manuscrits qui appartenaient à Christine, Reine de Suède, et qui sont aujourd'hui à la Bibliothèque du Vatican, il s'en trouve sous le n° 1764 un qui porte ce titre : *L'Etica di Bandello, a Margherita Regina di Francia.*

A TRÈS-HAUT ET TRÈS-ILLUSTRE SIGNOR,

MESSIRE

ALBERIGO CIBO MALASPINA

MARQUIS DE MASSA

Son très-humble serviteur

E *me suis souvent demandé, Illustre Signor, quelle serait pour moi la faute la plus grave, ou de ne pas découvrir à Votre Seigneurie, autant qu'il est en moi, l'affection que je vous porte depuis si longtemps pour les éminentes qualités dont vous avez été doté du ciel, ou bien, en la rendant publique, d'encourir le reproche de présomption, de témérité, si, sans avoir égard à la hauteur de votre rang et à l'infimité*

*du mien, j'osais vouloir attirer sur mon
humble nom la sublimité de votre noble
esprit, tout entier occupé de hautes et
généreuses pensées. Mais l'universel
témoignage de tous ceux qui ont con-
versé avec vous m'enhardit ; votre courtoisie est telle, qu'en cela peu de gens
vous égalent, personne ne vous dépasse,
et, sans parler de toutes vos autres
qualités rares, elle suffirait à rendre vos
obligés la plupart des hommes ; pourquoi
donc alors hésiterais-je à vous déclarer
de mon mieux (encore bien que je ne le
puisse faire comme je voudrais et
comme il conviendrait), cette inclination
de mon âme pour ce qu'il y a en vous
de si élevé ? Seraient-elles trop légères,
les raisons qui m'invitent, qui me poussent à le faire ? Il me suffit de penser
à votre illustre nom pour qu'aussitôt se
présentent à mon esprit toutes vos grandes et excellentes vertus, si bien que
rien qu'à les énumérer, sans pré-
tendre les célébrer, je craindrais d'encourir le reproche d'adulation de la
part de ceux aux oreilles desquels le*

I   2.

bruit n'en est pas encore parvenu; ceux au contraire qui les connaissent me tiendraient pour un homme peu judicieux, puisque, faute de les exalter suffisamment, ces vertus, je diminuerais votre gloire, en pensant l'augmenter.

Mais je ne puis vous le cacher, ce sont elles qui me poussent à mon entreprise, en même temps que votre courtoisie (je vous l'ai dit plus haut), et votre bienveillance m'y engagent. Voilà ce qui me donne l'audace de vous déclarer que je suis au nombre de ceux qui contemplent, qui admirent vos vertus : elles ont la puissance de vous faire aimer et honorer de ceux mêmes qui ne vous connaissent pas, sinon par votre renommée. En mettant au jour, par le moyen de mes presses, la première partie des Nouvelles du Bandello ou, pour mieux dire, des Aventures qu'il a recueillies et narrées, j'ai délibéré de vous les dédier, bien plus pour que vous daigniez les honorer de votre nom, que pour l'honneur et l'illustration qu'elles pourraient vous rapporter : vous êtes par vous-même

trop illustre et trop honoré déjà. Accep-
tez-la donc dans la même intention que
je vous l'offre : n'ayez égard ni au pré-
sent, ni à celui qui le fait, mais à vous-
même. En y jetant les yeux, quand
vous voudrez vous distraire un peu de
vos graves pensers, en y voyant tout
ce que peut la Fortune dans les affaires
humaines, réjouissez-vous de ce qu'elle
n'a aucune prise sur vos propres desseins
et que, comme une vile esclave, vous
sachiez la tenir courbée sous votre talon :
tant est grande la valeur de votre esprit
invincible! Après qu'il se sera récréé
par la lecture des accidents divers, des
intéressants événements que vous y
trouverez épars, il pourra se reporter,
avec une nouvelle vigueur, à ce que ses
propres inclinations réclament de lui
et s'acquérir, par de hautes actions, une
éternelle splendeur, une gloire immor-
telle.

Sur ce, Monseigneur, acceptez avec
ce faible présent mon propre servage,
que j'entends vous vouer, du fond du
cœur. En vous baisant humblement les

mains, je vous souhaite tout le bonheur que vous désirez et que vous méritez. De Lucques, le vingtième jour de Mars MDLIIII.

De votre illustrissime Seigneurie le très-affectionné serviteur,

VINCENZIO BUSDRAGO.

NOUVELLES

DE BANDELLO

~~~~~~~~

PREMIÈRE PARTIE

LE BANDELLO

AUX

AIMABLES ET BIENVEILLANTS LECTEURS

'AI entrepris, il y a déjà longtemps, d'écrire quelques Nouvelles, par ordre de l'illustre Signora Ippolita Sforza, à jamais regrettée et dont la mémoire est toujours vénérée, femme du très-aimable Signor Alessandro Bentivoglio, que Dieu ait dans sa gloire ! Tout le temps qu'elle vécut,

bien que plusieurs de mes Nouvelles
fussent dédiées à d'autres, je les lui
ai néanmoins toutes présentées. Mais
le monde n'était pas digne de conserver sur cette terre un esprit si élevé et
si généreux : Notre-Seigneur Dieu
l'a, par une mort prématurée, rap-
pelé à lui, dans le ciel. Cependant il
m'est arrivé, après sa mort, ce qui
arrive à une meule qui, mise en
mouvement par une main vigou-
reuse, continue à tourner, grace à
l'impulsion qu'elle a reçue, même
après que la main s'est retirée, et
tourne assez longtemps sans qu'on y
touche : ainsi, après la mort de la
très-noble Signora, mon esprit, qui
avait toujours été désireux de lui
obéir, ne cessa pas de mettre en mouvement ma main débile, et je conti-
nuai d'écrire, tantôt une Nouvelle,
tantôt une autre, selon que l'occasion

s'offrait à moi, de sorte que j'en ai
composé beaucoup. Maintenant, quelques-uns de mes amis désirent les voir
(on en connaît déjà un certain nombre), et ils m'exhortent journellement
à les publier. J'en ai livré beaucoup
au feu; j'ai réuni, sans adopter aucun ordre, comme elles me sont tom-
bées sous la main, celles qui ont su
échapper à la flamme dévorante, et
j'en ai fait trois parties, pour les diviser en trois livres, afin que les volumes qui les renfermeront soient
aussi petits que possible. Je n'invite
ni n'oblige qui que ce soit à les lire,
mais je prie bien tous ceux qui vou-
dront le faire, d'apporter à cette lecture le même esprit que j'ai mis à
leur composition. Je l'affirme, je n'ai
pas eu d'autre but que d'amuser et
de distraire. Ai-je réussi dans ce dessein? je remets le soin de décider à

votre jugement bienveillant et sincère, mes aimables Lecteurs. Je ne
veux pas dire, comme l'éloquent et
gentil Boccace, que ces Nouvelles
sont écrites en Florentin vulgaire : ce
serait un mensonge évident, car je
ne suis ni Florentin ni Toscan, mais
Lombard. Je sais bien que je n'ai pas
de style et j'en fais l'aveu ; je me suis
risqué cependant à écrire des Nouvelles, parce que je crois que l'Histoire et les compositions du genre
des miennes peuvent amuser, en
n'importe quelle langue. Portez-vous
bien.

LE BANDELLO

A LA TRÈS-ILLUSTRE ET VERTUÉUSE DAME
LA SIGNORA

IPPOLITA SFORZA E BENTIVOGLIA

 L y avait ces jours passés dans votre maison, à Milan, beaucoup de gentilshommes dont la louable habitude est de venir toute la journée chez vous pour se distraire : car la société qui vous entoure se plaît à entretenir une conversation agréable et intéressante sur les événements qui arrivent au jour le jour, qu'il s'agisse d'amour ou de tout autre chose. Je survins ; j'avais été envoyé par le Signor Alessandro Bentivoglio, votre

époux, et par vous, à la Signora Bar-
bara Gonzaga, Comtesse de Gaiazzo, à
propos du mariage projeté entre une de
vos filles et le Signor Comte Roberto
Sanseverino, son fils, et je revenais avec
la gracieuse réponse de la Signora
Gonzaga; nous nous retirâmes tous
trois dans une chambre voisine de la
salle où on était réuni, et je vous exposai
le résultat de mes négociations. Vous
fûtes alors d'avis, le Signor Alessandro
et vous, qu'il fallait donner connaissance
de toute l'affaire aux gentilshommes
qui attendaient dans la salle, afin que
chacun exprimât son avis. Je racontai
donc le fait en présence de tout le monde,
comme je l'avais raconté d'abord à votre
mari et à vous. Les avis furent très-
partagés, selon la tournure d'esprit, le
caractère, la manière de voir de chacun.
Enfin, tout bien considéré, on finit par
décider qu'il ne fallait plus parler à la
Comtesse de ces projets d'union, pour ne
pas irriter contre vous le Pape Léon,
puisque déjà l'Archevêque Sanseverino,
oncle du Comte Roberto, négociait pour

donner en mariage à son neveu la sœur
du Cardinal Cibo. Vous me chargeâtes
ensuite d'informer la Comtesse de cette
résolution, et je m'en acquittai ponctuellement le lendemain. Entre autres personnes présentes, il y avait là le très-
aimable Messer Lodovico Alamanni,
Ambassadeur de Florence, qui, après
avoir vu le sage parti auquel on s'était
arrêté, l'approuva en termes flatteurs et
dit qu'on ne pouvait pas mieux faire.
Et à ce propos, il raconta un terrible
événement, arrivé autrefois à Florence.
Ce récit, attentivement écouté, vous confirma davantage encore, vous et le
Signor votre époux, dans la résolution
déjà prise. L'histoire me parut, à moi,
digne de compassion et de mémoire, et
je l'écrivis absolument comme l'avait
dite l'Alamanni. Puis, me souvenant que
vous m'avez conseillé à bien des reprises
de faire un choix des aventures que
j'entendais raconter de divers côtés, pour
en composer un livre, et me trouvant en
avoir recueilli déjà un certain nombre,
j'ai pensé à suivre vos conseils, qui pour

I   3.

moi sont des ordres, et à les réunir sous
forme de Nouvelles; à les disposer sans
aucun ordre de date, comme elles me
tombaient sous la main, et à donner à
chacune d'elles un patron ou une patronne
choisi parmi mes Seigneurs et mes
amis.

Après avoir transcrit la narration
de l'Alamanni, il m'a semblé bon,
quoique bien d'autres récits aient été
faits devant vous, de vous dédier celui-là,
de le faire précéder de votre nom, afin
que ce nom, mis en tête de mes Nouvelles, les défende et les protège. C'est
à cause de vous, pour vous plaire, que,
sans consulter assez mes forces, je me
suis mis à écrire des Nouvelles; quelle
que soit leur valeur, il m'a semblé convenable que vous fussiez la première à
qui j'en dédie une, payant ainsi la dette
de reconnaissance que j'ai contractée
envers vous pour les bienfaits dont vous
m'avez comblé : placée à la tête du livre,
vous serez là pour montrer le chemin
aux autres. Je crois volontiers, je puis
dire même que je suis à peu près sûr

que vous lirez mes œuvres; car j'ai souvent vu avec quel plaisir vous preniez en main mes petits contes; je vous ai vue souvent dépenser à les lire une bonne partie de votre temps. Non contente de cela, vous les relisez, et, ce qui importe bien davantage, vous en faites l'éloge. On pourrait dire que vous approuvez mes écrits, non pas parce qu'ils sont dignes d'être lus et vantés, mais parce qu'ils viennent de moi, qui vous suis si attaché; de moi à qui vous avez en mille circonstances, graces vous en soient rendues, témoigné plus d'amitié qu'il ne faudrait peut-être, eu égard à ce que je suis, car vous êtes, vous, parfaite entre les dames les plus parfaites de notre siècle : pas une n'a autant que vous de vertu, de grace, de politesse, d'affabilité; votre esprit est orné par la culture des lettres Latines et Italiennes, ce qui ajoute plus de charme encore à votre divine beauté; cependant, je m'en estime toujours davantage, connaissant la finesse de votre esprit, votre science, votre érudition et

*toutes vos autres belles et éminentes
qualités.*

*Il est facile de voir chaque jour la pro-
fonde connaissance que vous avez des
belles-lettres, car on vous apporte continuellement tantôt des vers Latins, tantôt
des vers Italiens : vous les lisez d'un
coup d'œil, et vous en pénétrez aussitôt
le sens; on croirait vraiment que vous
ne faites rien autre chose qu'étudier. Je
vous ai vue bien souvent dans nos discussions vous mettre aux prises avec
notre très-savant Messer Girolamo Cit-
tadino, que vous entretenez auprès de
vous avec un salaire honorable; si par
hasard il y avait un passage obscur
dans la lecture des Poètes ou des Histo-
riens, vous exposiez votre opinion si
savamment, en l'appuyant sur de si
bonnes raisons, que c'était merveille de
vous entendre. Que dirai-je de votre
jugement ferme, droit, clairvoyant et
qui ne penche jamais de quelque côté
que ce soit, s'il n'y est entraîné par la
vérité? C'est vraiment chose merveil-
leuse de voir avec quelle sûreté et quelle*

*finesse vous passez au crible, vous éplu-
chez certains passages des écrivains, et
mot par mot, phrase par phrase, vous
poursuivez la lecture, expliquant tout
si bien, que vous rendez capable de comprendre quiconque vous entend. A vous
voir, lorsque vous tenez en main un
poème ou quelque autre œuvre, trier si
judicieusement le bon et l'exquis, faire
la différence des styles, louer ce qui
mérite de l'être, de façon que Mo-
mus lui-même ne trouverait rien à
reprendre à vos jugements, en vérité je
dois croire que, si vous dites du bien de
mes travaux, ce n'est pas que vous soyez
aveuglée par l'amitié : vous avez trop de
sincérité, de droiture, de fermeté dans
le jugement pour cela. Celui qui vous
aurait entendue ce jour où le savant docteur et délicieux poète Messer Nicolo
Amanio vint vous saluer et où furent lus
les deux sonnets, l'un de la Signora
Cecilia Bergamina, Comtesse de San-
Giovanni in Croce, et l'autre de la Signora Camilla Scarampa, celui, dis-je,
qui vous aurait entendue parler avec*

tant de bon sens du métier de poète, des qualités que doit avoir qui veut composer des vers Latins ou Italiens, résoudre si délicatement les questions qui vous furent soumises, et cela avec une grande abondance de mots justes et précis encadrés dans des phrases élégantes; celui-là n'aurait vraiment pas dit que c'était une dame qui parlait, mais bien un des hommes les plus instruits, les plus éloquents de ce siècle. Je sais bien, pour mon compte, que je n'ai pas souvenir d'avoir jamais entendu personne traiter semblable matière avec autant de charme et que j'ai écouté vos explications avec un très-grand plaisir et un extrême contentement. Aussi tous ceux auxquels il fut donné de vous entendre furent-ils saisis d'une telle admiration, qu'ils ne savaient comment l'exprimer.

Mais je me laisse trop aller à l'enthousiasme : ce n'est pas ici le lieu de faire votre éloge qui demanderait d'ailleurs une plume mieux exercée. Je reviens à ma Nouvelle, qui fut alors racontée par l'Alamanni et aussitôt écrite par moi; je

la dédie, je la consacre à votre nom glo-
rieux, afin que si jamais quelqu'un
prend mes Nouvelles en main quand
elles seront réunies, il sache que c'est
vous qui m'avez engagé à les écrire; et
s'il trouve dans celle-ci quelque chose de
bien, qu'il remercie d'abord Celui d'où
émane tout ce qui est bien, Dieu, Notre-
Seigneur; vous ensuite, qui avez fait
naître mon œuvre, et qu'il vous en rende
grace. Mais si, comme cela arrivera
peut-être, il y rencontre des choses mal
dites, obscures, si les faits ne sont pas
présentés dans leur ordre, si le style
est barbare, qu'il s'en prenne à la fai-
blesse de mon pauvre esprit et à mon
ignorance, et qu'il me tienne compte de
ma bonne volonté, en pensant que je suis
Lombard, que je suis né sur les confins
de la Lombardie et de la Ligurie, que
j'y ai passé jusqu'à présent la plus
grande partie de mon existence, et que
j'écris comme je parle, non pas pour
faire des disciples, ni pour donner à la
langue Italienne un ornement de plus,
mais seulement pour conserver le souve-

nir des choses qui me paraissent dignes
d'être écrites et pour vous obéir, à vous
qui me l'avez commandé. Portez-vous
bien.

BUONDELMONTE

*de' Buondelmonti se fiance à une jeune fille;
il la quitte pour en épouser une autre, et il
est assassiné.*

❧✿❧

NOUVELLE PREMIÈRE

J'AI la ferme conviction, Messeigneurs, que la grace de Notre-Seigneur Dieu vous a inspiré votre détermination, quand vous avez décidément arrêté de ne plus chercher à donner une de vos filles pour femme au Signor Comte de Gaiazzo. Cette alliance eût été vraiment honorable et digne; car le Comte appartient à la très-ancienne maison de Sanseverino qui, depuis bien

I   4

des siècles, possède dans le royaume de
Naples des Duchés, des Principautés,
des Comtés, des Baronnies et de fort
opulents États; c'est une race qui a
donné naissance à des hommes très-remarquables aussi bien dans le métier de
la guerre que dans tous les autres. Le
Comte lui-même est un Chevalier fort
estimé; il est jeune, bien fait de sa personne, et il ne dégénère pas de ses pères
et de ses aïeux; vous ne pourriez conclure avec lui qu'une bonne et honorable parenté. Cependant, quoique la Comtesse sa mère soit, comme nous l'avons
rapporté, toute disposée à s'allier volontiers avec vous, en prenant votre fille
pour bru, je crois qu'il ne pourrait ré-
sulter pour vous de ce mariage que de
grands embarras, puisque le Pape Léon
a entamé des négociations pour faire
épouser au Comte une sœur du Cardinal
Cibo, fille d'une de ses propres sœurs.
Songez que vous êtes exilés de Bologne,
que le Pape Léon se montre bien disposé
pour vous, que vous avez été souvent
l'objet de ses faveurs; il pourrait se

courroucer, ce qui vous serait très-pré-
judiciable, d'autant plus qu'à la cour de
France, où le Comte se trouve pour le
moment, l'affaire se traite avec lui par
l'entremise d'un gentilhomme que le
Cardinal Cibo y a envoyé tout exprès.
Ainsi, Messeigneurs, vous avez agi sa-
gement en prenant la résolution que
vous avez prise. Vous ne manquerez pas
de gendres dont le rang et la qualité
seront en rapport avec votre condition.
Et, pour montrer par un exemple combien il est nuisible de faire du mariage
un trafic, je veux vous raconter les tristes et lamentables noces d'un citoyen de
Florence; elles ont été la cause et l'origine des dissensions et de la ruine de
notre cité, qui avait vécu jusqu'alors
dans la paix et la tranquillité la plus
parfaite, quand presque toute l'Italie
était en proie aux luttes des partis.

C'est en l'an de notre salut Mille deux
cent-quinze qu'arriva le malheureux
événement dont je veux vous parler;
jusque-là notre ville avait toujours obéi
aux vainqueurs; les Florentins n'avaient

jamais songé à agrandir leur territoire, ni à chercher querelle à leurs voisins ; ils ne pensaient qu'à se maintenir. Plus le corps humain tarde à être malade, plus les maladies qui s'emparent de lui, que ce soit fièvre ou tout autre mal, sont dangereuses, mortelles et entraînent avec elles de dangers ; il en fut ainsi pour Florence : si elle tarda longtemps à adopter les factions et divisions qui ruinaient l'Italie tout entière, ce fut pour s'y plonger plus que toutes les autres villes ; elle se lança dans les partis, et cela valut à des milliers de ses habitants un misérable exil ou une mort cruelle. Je crois en vérité qu'en calculant bien, on trouverait que si tous ceux qui ont été chassés de Florence ou qui y ont été misérablement massacrés étaient réunis, ils peupleraient une ville bien plus grande que ne l'est aujourd'hui Florence.

Mais je viens au fait. Parmi les familles nobles et puissantes de notre ville, les deux plus puissantes par leurs richesses, par le nombre de leurs clients et par leur grand crédit auprès du peu-

ple étaient les Uberti et les Buondelmonti ; après eux venaient au second
rang les Amidei et les Donati, et, dans
cette famille des Donati, se trouvait une
noble veuve très-riche, mère d'une fille
tout juste en âge d'être mariée. La mère
voyant cette enfant fort belle et l'ayant
élevée avec le plus grand soin, cherchait
à qui elle devait la marier ; les partis riches et nobles, qui lui convenaient assez,
se présentaient en grand nombre ; mais
celui qui paraissait lui plaire le plus était
Messer Buondelmonte de' Buondelmonti,
Chevalier brillant et estimé, jeune homme
riche et de bonne mine, qui était alors
à la tête de la faction des Buondelmonti.
Elle avait donc formé le dessein de lui
donner sa fille ; mais, soit qu'elle crût
que rien ne pressait parce que le Chevalier et la jeune fille étaient très-jeunes,
soit négligence, soit toute autre cause,
elle attendait toujours et ne faisait part
de son projet ni à un parent ni à un ami.
Pendant que la veuve temporisait, se
figurant sans doute qu'il serait toujours
temps, le hasard fit qu'un gentilhomme

I   4.

de la famille des Amidei s'entendit avec
Messer Buondelmonte pour lui donner
une de ses filles en mariage ; on pressa
si bien des deux côtés la négociation,
que, la dot une fois convenue, les fian-
çailles eurent lieu entre la jèune fille de
la famille des Amidei et Messer Buondelmonte. La nouvelle se répandit aussitôt dans la ville, car il s'agissait de gens
nobles, et le père de la jeune promise
se mettait en mesure de préparer les
noces, pour qu'elles se fissent avec la
pompe et l'éclat qui convenaient à de si
grandes familles. Quand la veuve de la
famille des Donati apprit cette union et
vit ses desseins ruinés, elle en éprouva
un vif désappointement ; elle ne pouvait
se consoler et cherchait toujours un
moyen d'empêcher l'alliance du Buondelmonte avec l'Amidea de se conclure.
Après y avoir bien pensé et longuement
réfléchi, ne trouvant pas d'autre res-
source, elle voulut essayer si la beauté
de sa fille, qu'elle savait être une des
plus jolies de Florence, ne pourrait pas
lui servir de filet pour capturer Messer

Buondelmonte. Sans communiquer à personne ce singulier projet, sans prendre conseil que d'elle-même, un jour qu'elle vit, peu de temps après, Messer Buondelmonte venir sans être accompagné de gentilshommes, mais avec ses serviteurs seulement, dans la rue où était sa maison, elle descendit, se fit suivre par sa fille, et se mit sur le pas de sa porte; quand le Chevalier passa, elle vint au-devant de lui et lui dit avec un visage riant : « Messer Buondelmonte, je » me réjouis avec vous de tous les bon- » heurs qui vous arrivent; je vous félicite » d'avoir pris femme, et je souhaite que » Notre-Seigneur Dieu vous donne tout » le contentement possible. Cependant, il » est bien vrai que je vous réservais pour » femme ma fille unique que voici. » En disant cela, elle tenait par la main sa fille en avant, car elle voulait que le Chevalier pût l'examiner à son aise. Quand il vit la rare beauté et la grace parfaite de la jeune fille, il devint aussitôt éperdument amoureux d'elle, et, sans songer à sa parole donnée aux Amidei, au

contrat dressé en bonne et due forme, sans
réfléchir à l'injure grossière qu'il leur
faisait en renonçant à leur alliance, ni à
tout ce qu'il pouvait s'attirer de fâcheux
en répudiant une épouse qu'il avait acceptée, mû seulement par le désir et
l'appétit ardent de posséder cette nouvelle beauté qu'il savait bien n'être en
aucune façon inférieure à l'autre, ni
pour la noblesse, ni pour la fortune, il
répondit à la veuve d'une voix entre-
coupée : — « Madame, puisque vous m'a-
» vez, dites-vous, gardé jusqu'à présent
» pour moi votre belle et charmante fille,
» je serais plus qu'ingrat de la refuser ; il
» est encore temps de vous donner satis-
» faction. Demain, je viendrai vous re-
» trouver aussitôt après le dîner et nous
» causerons plus à notre aise. »

La bonne veuve fut enchantée ; le
Chevalier prit congé d'elle et de sa fille et
alla à ses affaires. La nuit venue, il pensa
aux beautés de la jeune demoiselle qu'il
avait vue ; il s'enflamma pour elle à tel
point, qu'une heure lui paraissait longue comme une année, tant qu'il ne la

possédait pas, et il résolut, sans tarder davantage, de célébrer ses noces avec elle le jour suivant. La raison avait beau lui remontrer que c'était une très-méchante action, indigne d'un galant Chevalier, comme il l'était : le pauvre amoureux avait si bien bu le poison que lui avaient versé en un instant les beaux yeux de la jeune fille ; le feu subtil et dévorant de l'amour qu'il lui avait voué, l'allumait, le brûlait, le consumait si bien, que, le jour venu, dès qu'il eut dîné, il alla trouver la Veuve et célébra ce jour-là même les noces, sans plus de réflexion.

Quand on apprit dans la ville ce mariage intempestif et précipité, on fut généralement d'avis que le Buondelmonte s'était conduit comme un fou, et tout le monde le blâma. Les Amidei surtout s'en indignèrent plus que tous les autres, et les Uberti, avec lesquels ils avaient des liens de parenté, ne furent pas moins irrités qu'eux. Ils se réunirent donc avec leurs autres parents et amis, et, pleins de rancune et d'animosité contre Buondel-

monte, ils décidèrent qu'une telle injure,
un affront si éclatant ne devaient en aucune façon être tolérés, et qu'une tache
si honteuse pour eux ne pouvait être la-
vée que dans le sang de leur ennemi,
de celui qui avait méprisé leur alliance.
Il y en eut bien pourtant qui, prévoyant
des malheurs inévitables, étaient d'avis
de ne pas se laisser aller à la colère, et
de prendre le temps de réfléchir. Dans
l'assemblée, se trouvait un certain Mosca Lamberti, homme plein d'audace,
toujours prêt à un coup de main ; il dit
qu'à tant délibérer, on ne s'arrêtait à
aucun parti et conclut par l'adage vulgaire : « *Ce qui est fait est fait.* » En
somme on décida qu'il fallait du sang
pour se venger. La mission de tuer
Messer Buondelmonte fut confiée au
Mosca, à Stiatta Uberti, à Lambertuccio
Amidei et à Uderigo Fisanti, tous de noble famille, tous jeunes gens braves et
pleins de cœur. Ils convinrent entre eux
des mesures à prendre pour accomplir
ce redoutable homicide, et se mirent
à épier toutes les allées et venues du

Chevalier, pour voir s'ils pourraient le prendre à l'improviste, de façon qu'il ne pût leur échapper. Quand ils furent bien au courant de ses habitudes, ils ne voulurent pas tarder davantage à mettre leur projet à exécution ; c'était la Semaine Sainte, ils décidèrent qu'il fallait sanctifier le jour de la Résurrection Pasquale avec le sang du Chevalier. Le matin de ce jour-là, les Conjurés, après avoir passé la nuit précédente aux aguets dans les maisons des Amidei, situées entre le Ponte-Vecchio et San-Stefano, étaient à leur poste, attendant que Messer Buondelmonte, selon son habitude, passât devant ces maisons ; ils avaient remarqué que, le plus souvent, il traversait cette rue. Le Chevalier, croyant peut-être qu'il était aussi facile d'oublier une injure que de renoncer à une alliance, et ne pensant pas que les Amidei eussent sur le cœur l'offense qu'il leur avait faite, monta, le matin du jour de Pâques, de très-bonne heure, sur un magnifique cheval blanc, et passa devant les maisons dont il a été parlé, pour aller de l'autre côté du fleuve. Attaqué là par les Conjurés, criblé de blessures, il fut jeté à bas de cheval à côté du pont, auprès d'une statue de Mars qui s'y trouvait; puis il fut tué sans pitié. Ce meurtre, commis sur une personne si notable, fut cause que Florence se divisa en deux partis et que, ce jour-là même, il y eut du tumulte. Les uns se mirent du côté des Uberti, qui étaient très-puissants dans la ville et dans le comté, les autres suivirent le parti des Buondelmonti, de sorte que toute la ville prit les armes. Les familles ennemies avaient beaucoup de palais, de terres et de soldats; aussi la guerre dura longtemps, et il y eut des deux côtés bien des morts. A la fin, les Uberti, grace à la protection de Frédéric II, roi de Naples et Empereur, chassèrent de Florence les Buondelmonti, et aussitôt la ville se partagea, comme toute l'Italie l'était déjà, entre deux factions, les Gibelins et les Guelfes, ce qui occasionna la ruine complète de beaucoup de très-nobles familles. Les discordes et les querelles entre les partis, entre les nobles et le peuple, entre les bourgeois et la populace, amenèrent de fréquentes et terribles révolutions ; le sang coula à flots, les plus beaux palais furent détruits, une foule de gens furent exilés ; mais il est inutile d'entrer dans le détail de tous ces malheurs. Qu'il suffise d'avoir montré tout le mal qui résulta de la rupture avec l'Amidea.

Je pense, Messeigneurs, que ce récit est de nature à vous faire apprécier mieux encore la sage et prudente résolution que vous avez prise, d'autant plus que vos belles et nobles filles sont encore des enfants et ont tout le temps d'attendre une meilleure occasion.

LE BANDELLO

A L'ILLUSTRISSIME ET EXCELLENTISSIME SIGNOR

PROSPERO COLONNA

LIEUTENANT GÉNÉRAL POUR L'EMPEREUR
EN ITALIE

E *n'ai pas oublié, vaillant et magnifique Seigneur, ce que vous avez daigné m'ordonner en vous promenant dans le délicieux jardin du Signor L. Scipione Attellano. On vous dit que quelques jours auparavant, en présence de votre excellente et illustre dame, la Signora Ippolita Sforza e Bentivoglia, le noble Signor Silvio Savello avait raconté une très-belle Nouvelle, qui plut extrêmement à tous ceux*

qui l'entendirent. *L'Attellano ajouta que je l'avais écrite et je reçus de vous l'ordre de vous la faire voir. Si j'ai tardé jusqu'ici à payer cette dette, le voyage que j'ai dû entreprendre le lendemain, comme vous le savez, sera mon excuse auprès de vous. Maintenant que j'ai transcrit cette Nouvelle, je vous l'envoie et je vous la dédie, non pas pour m'acquitter en aucune façon du bien que vous me faites chaque jour et dont mille de mes œuvres ne valent pas la moindre parcelle, mais pour obéir, comme je le dois, non-seulement à vos ordres, mais même à votre plus petit signe, tant est grande l'obligation que j'ai contractée envers vous et que je ne me fais pas faute de confesser à tout le monde. Je regrette bien de n'avoir pas su imiter l'éloquence du Signor Silvio, car il en a montré beaucoup dans son récit; mais je suis Lombard et il est Romain. Portez-vous bien.*

ARIABARZANE

Sénéchal du Roi de Perse, veut surpasser son maître en courtoisie; il en résulte divers incidents.

NOUVELLE II

TRÈS-AIMABLE Dame et vous, gracieux Seigneurs, il est souvent arrivé à de doctes personnages, vivant à la Cour, de discuter entre eux la question de savoir s'il faut attribuer à un sentiment de générosité et de courtoisie, les services que rendent les courtisans à leur Seigneur, l'affabilité et l'obligeance qu'ils leur témoignent, ou si, en agissant ainsi, ce n'est pas une

obligation stricte qu'ils remplissent, une
dette qu'ils paient. Il n'est pas étonnant
qu'on ne soit pas d'accord là-dessus,
car, pour bien des gens, il est clair que
le serviteur ne peut tant faire chaque
jour pour son maître, qu'il ne reste
encore son débiteur. Si on n'a pas la
faveur de son Roi, on voudra, comme le
veulent tous les courtisans, l'acquérir ;
et quelle chose, si difficile qu'elle soit,
négligera-t-on de faire pour obtenir cette
faveur si désirée ? Ne voyons-nous pas
bien des gens qui, pour se rendre
agréables à leur Prince, ont souvent ex-
posé leur vie à mille risques et couru
mille dangers de mort ? Si on est en faveur, si on se sait aimé par son maître,
que de peines ne faut-il pas prendre,
que de dangers ne faut-il pas courir
pour conserver sa réputation, pour se
maintenir en grace, pour augmenter la faveur acquise ? Un proverbe bien connu et
vanté par notre grand poète nous apprend,
vous le savez, qu'il faut autant de talent
pour conserver que pour acquérir. D'autres sont d'un avis contraire et s'effor-

cent de prouver, par les raisons les plus solides, que tout ce que fait le serviteur au delà de son devoir strict et de l'obligation qu'il a de servir son Seigneur, est pure obligeance ; que ce sont choses à engager le maître, à le provoquer à de nouveaux bienfaits ; car on sait que lorsqu'un homme remplit la mission que lui a confiée son Seigneur et qu'il s'en acquitte avec la diligence voulue et de son mieux, il a fait son devoir et mérite d'être convenablement récompensé. Mais nous sommes réunis ici non pour discuter, mais pour conter des Nouvelles, nous laisserons les discussions de côté et je vais vous raconter ce que fit à ce sujet un puissant Roi ; quand j'aurai terminé, s'il se trouve quelqu'un qui veuille traiter plus complètement la question, il aura le champ libre pour rompre, à son aise, une ou plusieurs lances, comme il lui plaira.

Il y eut dans le royaume de Perse un Roi nommé Artaxerxès, homme d'un grand cœur et habile au métier des ar-

mes. Ce fut lui qui, à ce que racontent
les Annales Persanes, encore simple sol-
dat, n'ayant obtenu aucun grade dans
l'armée, tua Artaban, dernier roi de la
dynastie des Arsacides, sous les ordres
duquel il servait, et restitua aux Persans
le royaume de Perse qui était resté pendant cinq cent trente-huit années entre
les mains des Macédoniens et d'autres
nations, après la mort de Darius, vaincu
par Alexandre le Grand. Artaxerxès
donc, ayant délivré toute la Perse, pro-
clamé Roi par les peuples, tint une Cour
pleine d'éclat et de magnificence ; toutes
ses actions étaient empreintes d'une
majesté suprême, et, sans parler des
titres qu'il avait vaillamment acquis
dans de sanglantes batailles, il passait
dans tout l'Orient pour le souverain le
plus généreux et le plus magnanime qui
régnât alors. Dans ses repas, il se montrait un autre Lucullus, et traitait somp-
tueusement les étrangers qui arrivaient
à sa cour. Il avait un Sénéchal nommé
Ariabarzane, dont l'office était, quand le
Roi donnait un festin en public, de

marcher, monté súr un blanc coursier, une masse d'or à la main, en avant des écuyers qui portaient les mets destinés au Roi dans des vases d'or couverts de très-fines étoffes de lin, ornées de broderies de soie et d'or du plus beau travail. Cette charge de Sénéchal était très-enviée et elle se donnait d'habitude à un des premiers barons du Royaume. Aussi cet Ariabarzane, outre qu'il appartenait à une excellente famille et que presque nul autre, en Perse, ne l'égalât en richesses, était-il le plus courtois et le plus généreux Chevalier qui vécût à cette Cour ; il faisait si souvent largesses et dépensait tellement sans compter que, laissant de côté toute mesure, quoiqu'on dise *in medio virtus*, il tombait souvent dans l'excès et se laissait aller au vice de prodigalité.

Le Roi se fit un jour apporter l'échiquier et voulut qu'Ariabarzane jouât avec lui aux échecs. Le jeu des échecs était à cette époque en grand honneur chez les Persans, et un bon joueur était aussi estimé que l'est maintenant chez

nous un homme habile à discuter en
matière de belles-lettres ou de philoso-
phie. Ils s'assirent en face l'un de l'autre
à une table dans la salle royale, où se
trouvaient beaucoup de grands personnages qui, silencieux et attentifs, regardaient leur jeu ; et ils se mirent à
s'attaquer de leur mieux avec leurs
échecs. Ariabarzane, soit qu'il jouât
mieux que le Roi, soit qu'au bout de peu
de coups celui-ci n'eût plus l'esprit au
jeu, quelle qu'en fût la cause enfin, ré-
duisit le Roi à tel point, qu'il ne pouvait manquer d'être échec et mat en
deux ou trois coups. Le monarque s'en
aperçut, il vit le danger qu'il courait,
son visage devint plus coloré que de
coutume ; et, pendant qu'il cherchait
le moyen d'éviter l'échec et mat, la rou-
geur de sa face, ses hochements de
tête, ses gestes, ses soupirs firent bien
voir à tous ceux qui regardaient le jeu
qu'il lui était fort désagréable d'être
réduit à une pareille extrémité. Le Sénéchal aussi vit tout cela, il ne put supporter la confusion de son Roi, et, au

coup suivant, il remua un de ses cava-
liers juste pour ouvrir passage au Roi,
de sorte que, non-seulement il le mit
hors du danger où il était, mais encore
laissa en prise, sans aucune défense,
une de ses tours, ce qui rendait le jeu
égal. Alors, le Roi, qui ne connaissait
que trop, pour les avoir mises à l'épreuve
en d'autres circonstances, la générosité
et la grandeur d'âme de son serviteur, fit
semblant de ne pas avoir vu qu'il pouvait prendre la tour, renversa les échecs,
se leva et dit : « En voilà assez, Aria-
» barzane, vous avez gagné et je me
» reconnais vaincu. » Artaxerxès s'imagina qu'Ariabarzane avait agi de cette
façon, non pas tant par courtoisie que
pour faire de son Roi son obligé ; cela
lui déplut et il ne voulut plus jouer.
Toutefois, il ne montra dans la suite, ni
par ses actes, ni par ses gestes, ni par ses
paroles, que la courtoisie de son Sénéchal
lui eût déplu. Mais au fond, il aurait
mieux aimé qu'Ariabarzane s'abstînt
d'agir ainsi quand il jouait ou qu'il faisait toute autre chose avec lui, ou, s'il

voulait faire le courtois et le magnifique, qu'il le fît seulement avec ses égaux et ses inférieurs ; car il lui paraissait mauvais qu'un serviteur prétendît jouter de courtoisie et de générosité avec son maître.

Peu de temps après, le Roi se trouvant à Persépolis, capitale de la Perse, ordonna une très-belle chasse d'animaux que ce pays produit et qui sont bien différents des nôtres ; quand tout fut prêt, il se rendit avec toute sa Cour sur le terrain où la chasse devait avoir lieu. Une bonne partie d'un bois avait été entourée de filets et d'un grand nombre de lacets tendus ; le Roi plaça ses chasseurs de la façon qui lui parut la plus convenable et il chercha avec ses chiens et à grand bruit de cors, à faire sortir les bêtes de leurs tanières et de leurs gîtes. Tout à coup apparut un animal sauvage, d'une force et d'une agilité extraordinaires, qui traversa d'un saut les filets tendus et se mit à fuir rapidement. A la vue de cette bête étrange, le Roi résolut de la suivre et de la tuer. Il fit

signe à quelques-uns de ses Barons pour
qu'ils se missent à courir avec lui après
la bête, rendit la bride à son cheval et
commença la poursuite. Ariabarzane
était un des Barons qui couraient après
l'animal avec le Roi. Celui-ci montait
un cheval qu'il aimait tellement, pour
la rapidité de ses allures, qu'il aurait
donné mille autres des siens pour sauver
celui-là, d'autant plus qu'outre sa vitesse,
ce cheval était encore excellent à la
guerre et dans les combats. En suivant
ainsi à bride abattue la bête qui semblait
plutôt voler que courir, ils distancèrent
de beaucoup tout le monde, et la course
devint si rapide, que le Roi n'eut plus
auprès de lui qu'Ariabarzane suivi d'un
de ses serviteurs qu'il menait toujours à
la chasse avec lui, monté sur un bon
cheval. Celui d'Ariabarzane aussi passait pour un des meilleurs qu'il y eût à
la Cour. Sur ces entrefaites, il arriva
qu'en galopant toujours tous trois à bride
abattue, Ariabarzane s'aperçut que le
cheval de son Prince était déferré des
pieds de devant, et que déjà les pierres

commençaient à lui entamer la corne ;
il fallait donc ou que le Roi renonçât au
plaisir qu'il prenait à chasser ou qu'il
blessât son cheval. De ces deux alternatives, aucune ne pouvait manquer de
déplaire extrêmement au Roi, qui ne
s'était pas aperçu que son cheval avait
perdu ses fers. Le Sénéchal mit aussitôt
pied à terre, il se fit donner par celui
qui le suivait et qu'il emmenait précisément en cas d'accidents pareils, le mar-
teau et les tenailles, puis il enleva à son
bon cheval les deux fers de devant pour
les mettre à celui du Roi, quitte à risquer le sien en suivant la chasse. Il cria
donc au Roi de s'arrêter, et l'avertit du
danger que courait son cheval. Le Roi
mit pied à terre, il vit sans y faire trop
d'attention les deux fers entre les mains
du serviteur du Sénéchal, peut-être crut-
il qu'Ariabarzane les faisait emporter,
pour parer à de semblables accidents, ou
que c'étaient ceux-là mêmes que son cheval avait perdus ; et il attendait qu'on eût
fini pour se remettre en selle. Il s'aperçut que le bon cheval du Sénéchal était

déferré du devant : comprenant bien que
ce devait être encore là une des courtoisies d'Ariabarzane, il voulut vaincre
son Sénéchal par les mêmes moyens
que ce dernier employait avec lui : quand
le cheval fut ferré, il lui en fit présent.
Ainsi le Roi préféra perdre le plaisir de
la chasse plutôt que de se laisser dépasser
en courtoisie par son serviteur, ayant
deviné la grandeur d'âme de celui qui
semblait vouloir lutter avec lui de libéralité et de générosité. Il ne parut pas convenable au Sénéchal de refuser le don de son
Seigneur ; il l'accepta donc avec cette
même hauteur d'âme qu'il avait mise à
faire déferrer son cheval, et ne cessa
de rechercher l'occasion de vaincre son
maître en courtoisie et d'en faire son
obligé. Ils n'attendirent pas longtemps
pour voir arriver un grand nombre
de ceux qu'ils avaient laissés en ar-
rière ; le Roi prit le cheval d'un des
siens et retourna à la ville avec tout son
monde.

A quelques jours de là, le Roi fit
annoncer un tournoi pompeux et solen-

nel pour le jour des Calendes de Mai.
Le prix que devait recevoir le vainqueur
était un ardent et généreux coursier, avec
une bride richement travaillée, pourvue
d'un mors d'or fin, et une selle de grand
prix ; tout le reste du harnachement
était en rapport avec le mors et la selle,
et les rênes étaient deux chaînes d'or
faites avec beaucoup d'art. Le cheval
avait pour couverture une housse de
brocart d'or cannetillé, garnie tout
autour d'une superbe frange de broderie,
à laquelle pendaient des clochettes, des
grelots et des sonnettes d'or ; à l'arçon
était suspendu un poignard dans une
belle gaîne toute parsemée de perles et
de pierres précieuses d'une très-grande
valeur ; on voyait attachée de l'autre côté
une belle et forte masse d'armes, artistement damasquinée. Auprès du cheval
étaient disposées en trophée toutes les
armes qu'il faut à un Chevalier pour
combattre, les plus riches et les plus belles
du monde. L'écu était solide et merveilleux, on pouvait le voir accompagné
d'une belle lance dorée le jour où se

ferait le tournoi. Tout cela devait être
donné au vainqueur.

Beaucoup d'étrangers accoururent à
une fête si solennelle, les uns pour prendre part au tournoi, les autres pour voir
son pompeux appareil. Il n'y eut, parmi
les sujets du Roi, Chevalier ni Baron qui
ne comparût, richement habillé ; et entre
ceux qui se firent inscrire les premiers
fut le fils aîné du Roi, vaillant jeune
homme, en grande estime parmi ses compagnons d'armes, depuis son enfance
élevé et nourri dans les camps. Le Sénéchal aussi donna son nom. Bien d'autres
chevaliers, Persans et étrangers, en firent
autant, car la fête avait été publiée
partout, avec sauf-conduit pour tous les
étrangers qui voudraient venir y assister
ou y prendre part, pourvu qu'ils fussent
nobles et non autrement. Le Roi choisit
pour juges des coups trois vieux Barons
qui, dans leur temps, s'étaient montrés
braves de leur personne et avaient pris
part à bien des exploits, hommes sérieux
d'ailleurs, d'un jugement ferme. Leur
tribunal s'élevait au milieu de la lice, en

face de l'endroit où ceux qui y prenaient part se rencontraient le plus souvent et échangeaient leurs coups. Vous devez bien penser que toutes les Dames et Jouvencelles du pays s'y étaient donné rendez-vous et qu'il y avait une foule telle que le méritait une si grande fête. Peut-être ne se trouvait-il pas là un Chevalier qui n'y eût sa bien-aimée, chacun ayant reçu de sa Dame quelque présent, comme c'est l'usage dans de semblables jeux. Au jour et à l'heure fixés, tous les combat-tants firent leur entrée en grande pompe, portant de riches cottes d'armes, tant par-dessus leurs armures que par-dessus leurs coursiers.

Le tournoi commença ; on avait déjà rompu pas mal de lances et porté de beaux coups ; l'avis général était que le Sénéchal Ariabarzane remporterait le prix et que, s'il n'eût pas été là, le fils du Roi aurait surpassé de beaucoup tous les autres ; en effet, personne n'avait rompu plus de cinq lances, sauf le fils du Roi qui en comptait neuf. Le Sénéchal, lui, en avait vigoureusement et honorablement rompu onze, et il lui suffisait d'en rompre encore une pour gagner la partie ; il fallait ce jour-là rompre douze lances pour être vainqueur et celui qui le premier les rompait remportait le prix sans conteste. Le Roi ne désirait, à vrai dire, rien tant que de voir tout l'honneur être pour son fils ; mais il ne l'espérait guère, car il sentait bien que le Sénéchal avait trop d'avantage ; et, en homme sage qu'il était, il n'en laissait rien paraître sur son visage. D'un autre côté, le jeune fils du Roi, qui joutait devant sa bien-aimée, se sentait mourir de douleur en voyant qu'il ne pouvait espérer le premier rang ; de sorte qu'un même désir brûlait à la fois le père et le fils. Mais le Sénéchal avait tant d'adresse et de courage, il était si près du but, qu'il leur enlevait toute espérance, s'il pouvait encore leur en rester. Il devait courir sa dernière lance et montait ce bon coursier que le Roi lui avait donné à la chasse ; il voyait clairement que l'ardent désir du Roi était de voir son fils vainqueur, et que le jeune homme formait avec non

moins d'ardeur les mêmes vœux, tant
pour sa gloire qu'à cause de la présence
de sa Dame ; il résolut donc de renoncer
à la victoire et de la laisser au fils de son
Roi. Il savait bien que ces actes de courtoisie ne plaisaient pas au Roi ; il était
cependant décidé à vaincre, à force de
persévérance, ses prejugés : non pas qu'il
désirât recevoir de lui plus de bienfaits,
mais seulement pour se faire honneur et
acquérir de la réputation ; il lui semblait
d'ailleurs que c'était ingratitude de la
part du Roi de ne pas agréer les actes de
sa générosité. Bien décidé à faire en sorte
que tout l'honneur fût pour le fils de son
maître, il mit sa lance en arrêt, et quand
il fut sur le point de le joindre (c'était
contre lui qu'il combattait cette fois), il
laissa tomber sa lance de sa main et dit :
« Encore cet acte de courtoisie après les
» autres, bien qu'il ne doive pas être
» apprécié. » Le fils du Roi toucha galam-
ment l'écu du Sénéchal, et rompit sa
lance en mille morceaux : c'était la
dixième. Beaucoup de gens entendirent
les paroles que prononça le Sénéchal en

jetant sa lance à terre, et tous les assistants pensèrent qu'il n'avait pas voulu frapper, de peur de gagner la dernière passe, et pour que le fils du Roi eût, comme il le désirait tant, l'honneur du tournoi. Après cela, il sortit de la lice et le jeune homme, ayant sans trop de peine rompu ses deux dernières lances, eut toute la gloire et obtint la récompense. Il fut promené en grande pompe dans toute la ville, précédé du cheval, prix du tournoi, qu'on menait devant lui, au son de mille instruments; dans le cortège était le Sénéchal, toujours le visage riant, qui vantait la valeur du jeune homme. Le Roi, en homme plein de perspicacité, connaissant bien ce que valait son Sénéchal, pour en avoir fait maintes fois l'expérience dans d'autres tournois, joutes, batailles et combats, où il s'était toujours montré adroit, sage et on ne peut plus brave de sa personne, vit trop bien que sa lance n'était pas tombée par hasard, mais de sa pleine volonté. Cela le confirma dans l'opinion qu'il avait du grand cœur et de la générosité de son Sénéchal.

Et vraiment, la courtoisie du Sénéchal Ariabarzane fut bien grande, si grande qu'on trouverait, je crois, très-peu de personnes qui le voulussent imiter. Nous voyons à chaque instant une foule de gens se montrer prodigues des biens que la fortune leur a donnés, faire aux uns et aux autres largesse de vêtements, ou d'or et d'argent, ou de pierres précieuses et de choses de haute valeur. Les grands seigneurs donnent généreusement à leurs serviteurs, non-seulement ces choses-là, mais encore des châteaux, des terres, des villes entières. Que dirons-nous de ceux qui prodiguent dans l'intérêt des autres leur propre sang et leur vie même ? Tous les livres, en toutes les langues, sont pleins de faits de ce genre, mais on n'y trouve personne qui méprise la gloire et qui sacrifie son honneur. Le capitaine victorieux, après la bataille sanglante, donne à ses compagnons d'armes les dépouilles des ennemis, il leur fait cadeau des prisonniers, il leur abandonne le

butin, mais se réserve pour lui la gloire
et l'honneur du combat. Et, comme l'a
divinement écrit le véritable père de
l'éloquence Romaine, les Philosophes qui
ont prêché le mépris de la gloire ont
cherché à la conquérir par leurs livres.

Le Roi, à qui ces courtoisies et ces
générosités du Sénéchal ne plaisaient
pas, qui en était au contraire fort ennuyé, parce qu'il trouvait inconvenant
et indécent qu'un serviteur, un sujet
voulût non-seulement traiter de pair
avec son Seigneur, mais encore en faire
son obligé, se mit à lui battre froid,
comme on dit, et à lui faire moins bon
visage qu'à l'ordinaire ; enfin, il se décida à lui faire connaître que c'était de
sa part une profonde erreur de croire
qu'il ferait de son maître son obligé :
écoutez comment il s'y prit.

C'était alors et c'est encore la coutume
en Perse que les rois célèbrent le jour
anniversaire de leur couronnement par
des fêtes pompeuses ; tous les Barons du
Royaume étaient obligés ce jour-là de
venir à la cour ; le Roi tenait huit jours

de suite table ouverte, il y avait des fes-
tins somptueux et toutes sortes de fêtes
brillantes. Quand vint l'anniversaire du
couronnement d'Artaxerxès et que tout
eut été préparé, selon les ordres reçus,
le Roi, qui voulait donner suite à ses
desseins, commanda à l'un de ses valets
de chambre de confiance d'aller immé-
diatement trouver Ariabarzane et de lui
dire : « Ariabarzane, le Roi t'ordonne
» d'aller offrir à l'instant même le che-
» val blanc, la masse d'or et tous les
» autres insignes de la fonction de Sé-
» néchal à Darius ton ennemi ; tu lui
» diras de la part du Roi qu'il est
» nommé Sénéchal. » Le valet de chambre se mit en route et fit ce que le Roi
lui avait commandé. Quand Ariabarzane
reçut ce terrible message, il fut sur le
point de mourir de chagrin : sa douleur était d'autant plus vive, que Darius
était le plus grand ennemi qu'il eût au
monde. Cependant, en homme de cœur,
il ne voulut pas laisser voir son sentiment et il dit gracieusement au valet de
chambre : « Que les désirs de mon Sei-

» gneur soient accomplis; je vais à l'in-
» stant même faire ce qu'il m'ordonne; »
et il le fit tout de suite avec le plus
grand empressement. Quand vint l'heure
de dîner, Darius remplit les fonctions
de Sénéchal. Dès que le Roi se fut assis
à table, Ariabarzane, le visage gai, prit
place avec les autres Barons. L'étonnement fut grand et, parmi les Barons,
les uns approuvaient le Roi, les autres
le taxaient d'ingratitude, comme c'est la
coutume dans les Cours. Le Roi tenait toujours les yeux fixés sur Ariabarzane, il s'étonnait de lui voir l'air si
joyeux et le jugeait décidément homme
d'un grand cœur.

Pour en venir à ses fins, il se mit à
témoigner à tous ses Barons, par des
paroles aigres, le mécontentement qu'il
éprouvait contre Ariabarzane; d'un autre côté il chargea plusieurs personnes
d'épier avec soin ce que disait et ce que
faisait l'ancien Sénéchal. Ariabarzane
entendit les paroles de son maître; il
était excité par les flatteurs qui avaient
reçu mission de le faire parler et, s'aper-

cevant bien que la patience dont il
faisait preuve, la modération de son
langage ne lui servaient à rien ; se
rappelant d'ailleurs avec quelle fidélité
il avait longtemps servi son Roi, combien de dommages il avait subis, combien de périls de mort il avait courus
pour lui ; quelle courtoisie, quels bons
sentiments il lui avait toujours témoi-
gnés, il se laissa aller à la colère, il perdit patience, il oublia sa grandeur d'âme
ordinaire. On le blâmait au lieu de lui
faire honneur, on lui enlevait sa charge,
quand il méritait une récompense ; il se
mit à se plaindre amèrement du Roi et
à l'appeler ingrat, ce qui est réputé chez
les Perses crime de lèse-majesté. Il aurait volontiers quitté la Cour pour se
retirer dans ses châteaux, mais il ne
pouvait le faire sans que le Roi le sût
et y consentît, et son orgueil l'empêchait de lui en demander la permission.
D'un autre côté, on rapportait au Roi
tout ce qu'il faisait et tout ce qu'il disait ; Artaxerxès le fit un jour appeler,
et quand Ariabarzane fut en sa présence,

il lui parla en ces termes : « Ariabar-
» zane, les lamentations que tu répands
» partout, les plaintes amères que tu
» exhales de tous côtés, tes doléances
» perpétuelles sont arrivées jusqu'à mes
» oreilles par les nombreuses fenêtres
» de mon palais, et m'ont appris sur
» ton compte des choses que j'ai eu beau-
» coup de peine à croire. Je voudrais bien
» savoir de toi pourquoi tu te plains ; tu
» sais qu'en Perse, se plaindre de son
» Roi et l'accuser d'ingratitude n'est pas
» un moindre crime que de mépriser les
» Dieux immortels, car les anciens sta-
» tuts ordonnent que les Rois soient
» respectés à l'égal des Dieux ; et l'in-
» gratitude est, parmi tous les crimes
» que nos lois prévoient, un de ceux
» qu'elles punissent le plus sévèrement.
» Voyons, dis-moi en quoi je t'ai offensé.
» Quoique je sois roi, je ne dois offen-
» ser personne : autrement on aurait
» raison de m'appeler non pas roi, ce
» que je suis, mais tyran, ce que je ne
» veux jamais être. » Ariabarzane, qui
était de fort méchante humeur, ne man-

qua pas cependant de suivre les inspi-
rations de sa grande âme et répéta ce
qu'il avait dit en divers endroits en se
plaignant du Roi. Artaxerxès lui répondit : — « Sais-tu, Ariabarzane, pourquoi
» j'ai eu raison de t'enlever la charge de
» Sénéchal? C'est parce que tu voulais
» m'enlever mon rôle de Roi. Il m'ap-
» partient, à moi, d'être toujours et par-
» tout généreux, libéral, magnifique.
» C'est à moi d'user envers tout le monde
» d'une extrême courtoisie, de m'atta-
» cher mes serviteurs en leur donnant
» du mien, de les récompenser, non
» pas exactement en proportion de leurs
» œuvres et des services qu'ils me ren-
» dent, mais en leur faisant toujours
» plus de largesses qu'ils n'en ont mé-
» rité. Là où il faut de la générosité, je
» ne dois jamais tenir les mains fer-
» mées, ni me montrer avare de donner
» ce qu'il faut à mes sujets ou aux
» étrangers ; tel est le devoir d'un Roi
» et le mien en particulier. Mais toi,
» qui es mon serviteur, tu prends mon
» rôle, tu t'ingénies de mille façons non

» pas à me servir et à remplir ton de-
» voir envers moi, qui suis ton seigneur :
» tous tes efforts tendent à m'attacher
» à toi par des liens indissolubles et à
» faire que je t'aie toujours les plus
» grandes obligations. Quelle récom-
» pense pourrais-je t'accorder, quel don
» pourrais-je te faire, quel prix pour-
» rai-je te donner, dis-le moi, pour être
» réputé généreux, si tu as commencé
» par faire de moi ton obligé, à force
» de courtoisie ? Les seigneurs qui ont
» l'esprit élevé et l'âme grande s'atta-
» chent leurs serviteurs en les comblant
» de présents, en les faisant toujours
» monter ; ils ont bien soin que la ré-
» compense dépasse toujours le service
» rendu : autrement, ils n'auraient ni
» courtoisie, ni générosité. Le vain-
» queur du monde, le grand Alexandre,
» s'empara un jour d'une ville fort riche
» et puissante que beaucoup de ses Ba-
» rons désiraient avoir ; elle lui avait été
» demandée par ceux-là mêmes qui, les
» armes à la main, s'étaient le plus dis-
» tingués à la conquérir, et qui y avaient

» versé leur propre sang ; il ne voulut
» pas la leur donner, à eux qui la mé-
» ritaient, mais il appela un pauvre
» homme qui se trouvait là par hasard,
» et il la lui donna, afin que sa munifi-
» cence et sa libéralité s'exerçant sur
» une personne de condition si basse et
» si abjecte en reçût plus d'éclat, rendît
» son nom plus illustre ; car on ne peut
» dire qu'un pareil bienfait accordé à
» un pareil homme soit le prix de ser-
» vices rendus ; on voit clairement que
» c'est pure libéralité, pure courtoisie,
» pure magnificence et pure générosité ;
» et tout cela ne peut venir que d'un
» cœur magnanime et haut placé. Je ne
» dis pas pour cela qu'on ne doit pas
» récompenser un fidèle serviteur (c'est
» un devoir absolu), mais je prétends
» que la récompense doit toujours être
» au-dessus du mérite du serviteur. Toi,
» tu acquiers chaque jour des titres
» nouveaux à ma reconnaissance ; tu
» cherches constamment à me lier par
» ton extrême courtoisie, et, en agissant
» ainsi, tu fais que je suis impuissant à

» te récompenser, de sorte que tu m'ôtes
» le moyen d'être généreux. Ne vois-tu
» pas que, prévenu par toi, je suis em-
» pêché d'agir selon ma coutume, qui
» est de me concilier l'affection, la gra-
» titude, la reconnaissance de mes ser-
» viteurs, en leur donnant chaque jour
» ce que j'ai, en payant de deux ou
» trois talents ce qui en vaut un? Ne
» sais-tu pas que moins ils attendent
» une récompense, plus je la leur donne
» vite, plus je les élève et je les honore
» volontiers? Étudie-toi donc, Aria-
» barzane, à vivre à l'avenir de façon
» qu'on sache que tu es le serviteur et
» moi le Seigneur, comme je le suis en
» effet. Tous les Princes, suivant moi,
» recherchent deux choses dans ceux
» qui les servent, l'amour et la fidélité ;
» s'ils les obtiennent, ils n'en demandent
» pas davantage. Ainsi quiconque vou-
» dra lutter, comme tu le fais, de cour-
» toisie avec moi, finira par s'apercevoir
» que je lui en sais peu de gré. Je veux
» te dire encore que s'il me prend un
» jour fantaisie de dépouiller de ses

» biens un de mes serviteurs pour me
» les approprier, je serai encore réputé
» courtois et magnanime, et par lui et
» par tous ceux qui connaîtront le fait.
» Tu ne le nieras pas, tu le reconnaîtras
» même de ton plein gré chaque fois
» que l'envie m'en prendra. »

Le roi se tut; Ariabarzane lui répondit respectueusement, mais avec une
grande fermeté : — « Je n'ai jamais essayé,
» invincible Roi, d'égaler ou de surpasser
» par mes actes votre infinie et incom-
» parable courtoisie; mais je me suis
» efforcé de vous faire voir, ainsi qu'à
» tout le monde, que je ne désire rien
» tant que votre faveur; Dieu me garde
» d'être jamais assez fou pour avoir la
» présomption de vouloir lutter contre
» votre puissance! Qui donc voudrait
» enlever la lumière au soleil? Il m'a
» toujours semblé et il me semble encore
» que je dois, pour vous faire honneur et
» vous servir loyalement, donner large-
» ment les biens que je possède, puis-
» qu'ils me viennent de vous; et encore
» que mon devoir est je ne dirai pas

» seulement d'exposer, mais de prodiguer
» ma vie pour le bien de votre couronne.
» Si vous avez cru que je cherchais à
» lutter de grandeur d'âme avec vous,
» vous devriez vous dire que j'agissais
» ainsi pour gagner plus complètement
» vos bonnes graces, pour vous obliger
» à m'aimer chaque jour davantage, car
» le but de tout serviteur doit être, selon
» moi, de rechercher de toutes ses forces
» l'amitié et la faveur de son Seigneur.
» Je pourrai confesser maintenant, in-
» vincible Roi, contre mon propre avis,
» (si vous voulez qu'il en soit ainsi), que
» pour avoir été magnanime, généreux
» et courtois, on mérite blâme et châti-
» ment, on encourt votre disgrace,
» comme le montre assez votre manière
» d'agir envers moi, et quoique je veuille
» vivre et mourir en suivant la même
» ligne de conduite, honorable, à mon
» gré et digne d'éloges; mais que je dise
» que mon Seigneur est généreux et
» courtois pour m'enlever mon bien,
» quand son devoir serait de me donner
» du sien, et qu'il a raison d'agir ainsi,

» je ne le ferai jamais. » Quand le Roi eut entendu ces dernières paroles, il se leva et répondit: — « Ariabarzane, ce n'est » pas le moment de discuter avec toi; » car je remets à l'éminent tribunal de » mes Conseillers le soin d'examiner et » de juger tes actes et tes propos contre » moi. Quand le temps sera venu, ils » examineront mûrement le tout selon » les lois et les coutumes de la Perse. » Qu'il me suffise pour le moment de te » dire que je suis prêt à te prouver par » les faits que ce que tu as nié est vrai; » tu le confesseras de ta propre bouche. » En attendant, tu t'en iras dans tes terres » et tu ne reviendras à la Cour que si » je t'y appelle. »

Quand Ariabarzane eut entendu son seigneur exprimer à la fin cette volonté, il s'en retourna chez lui et il se rendit avec grand plaisir dans ses terres, heureux de ne plus avoir tout le jour ses ennemis sous les yeux, mais fort peu satisfait de l'intention exprimée par le Roi de soumettre à son Conseil les paroles qu'il avait prononcées. Il était prêt ce-

pendant à souffrir tout ce que lui réservait la fortune et il occupait ses loisirs à
chasser. Sa femme, qui était morte, ne lui
avait laissé que deux filles, qu'on trouvait
très-belles toutes les deux; mais l'aînée
était sans comparaison plus belle que la
seconde et avait un an de plus qu'elle.
La renommée de leur beauté s'étendait
dans toute la Perse et il n'y avait pas un
grand Seigneur qui ne fût très-volontiers
devenu le gendre d'Ariabarzane. Il se
trouvait depuis quatre mois déjà dans
celui de ses châteaux qui lui plaisait le
plus, parce que l'air y était excellent
et la chasse au chien comme au faucon
fort belle, quand un héraut du Roi vint le
trouver et lui dit : « Ariabarzane, le Roi,
» mon seigneur, t'ordonne d'envoyer
» avec moi à la Cour celle de tes deux
» filles qui est plus belle que l'autre.»
A cet ordre, Ariabarzane, qui ne pouvait
deviner ce que voulait le Roi et qui faisait
à ce sujet toutes sortes de conjectures,
s'arrêta à une idée qui lui passa par la
tête et résolut d'envoyer sa plus jeune
qui, comme il a été dit déjà, n'avait pas

autant de beauté que l'aînée. Cette détermination prise, il alla trouver sa fille
et lui dit : « Mon enfant, le Roi m'a
» fait donner l'ordre de lui envoyer
» la plus belle de mes filles ; mais, par
» suite de certaines considérations qu'il
» ne me convient pas de te faire con-
» naître pour le moment, je veux que tu
» sois celle qui partira ; souviens-toi bien
» et prends la ferme résolution de ne
» jamais lui dire que tu es la moins
» belle ; ton silence te rapportera grand
» profit et ton indiscrétion me causerait
» un dommage irréparable ; peut-être
» me ferait-elle perdre la vie. Seulement,
» quand tu t'apercevras d'être enceinte,
» tu n'en diras pas un mot à qui que ce
» soit et tu dissimuleras de ton mieux ta
» grossesse ; puis, quand tu en seras bien
» certaine, quand ton ventre grossira de
» telle sorte que tu ne pourras plus
» cacher ta position, tu laisseras entendre
» au Roi, de la façon qui te paraîtra la
» meilleure, que ta sœur est bien plus
» belle que toi et que tu es la cadette. »
La jeune fille, qui était intelligente et

fine, eut à peine entendu les ordres de
son père et compris ce qu'il exigeait
d'elle, qu'elle promit de faire tout ce qui
lui était recommandé. Elle partit donc
pour la Cour, conduite par le Héraut et
accompagnée d'une escorte d'honneur. Il
fut facile de tromper le Roi et tous les
autres, car, si l'aînée des filles était plus
belle, il n'y avait pas entre les deux sœurs
assez d'inégalité pour que la plus jeune
ne parût pas encore extrêmement belle,
quand on ne pouvait pas la comparer à
son aînée. Elle se ressemblaient d'ailleurs
assez pour que, à moins de les fréquenter
assidûment, il fût difficile de savoir quelle
était l'aînée. Ariabarzane les avait tenues
de telle sorte qu'il les avait rarement
laissé voir.

La femme du Roi était morte depuis
quelques années, et il avait résolu de
prendre pour femme la fille d'Ariabarzane qui, pour n'être pas de sang royal,
n'en était pas moins de la plus haute
noblesse. Dès qu'il l'eut vue et trouvée
bien plus belle qu'il ne s'y attendait,
d'après le bruit public, il l'épousa avec

une grande solennité en présence de tous ses Barons, et fit dire à Ariabarzane de lui envoyer la dot de sa fille qu'il avait prise pour femme. A cette nouvelle, Ariabarzane, enchanté de l'événement, fit tenir à sa fille la dot qu'il s'était engagé, en le disant partout, à donner à chacune de ses enfants.

Il y eut à la Cour bien des gens qui s'étonnèrent beaucoup de voir le Roi, déjà avancé en âge, prendre pour femme une toute jeune fille, et surtout la fille d'un vassal, exilé de sa Cour. D'autres approuvèrent sa conduite, car les manières de voir des courtisans sont très-variées. Il n'y eut cependant parmi eux personne qui devinât le motif qui avait engagé le Roi à contracter cette alliance; Artaxerxès n'avait eu d'autre but que de faire avouer par Ariabarzane qu'en lui enlevant son bien, il s'était montré aimable et courtois.

Les noces célébrées avec toute la magnificence possible, Ariabarzane envoya au Roi une autre dot égale à la première et lui fit dire qu'en fixant la dot de ses filles,

il avait pensé les marier à ses égaux,
mais qu'en le voyant, lui, le Roi, qui
devait être hors de toute comparaison,
devenir l'époux de l'une d'elles, il lui
avait paru convenable de lui donner une
dot plus forte qu'à tout autre homme qui
serait devenu son gendre. Mais le Roi
ne voulut pas accepter ce supplément de
dot ; il se trouvait bien assez payé par la
beauté et par les charmes de sa jeune
femme, il la traitait en Reine et lui rendait les honneurs dus à ce titre. Sur ces
entrefaites, la jeune femme devint grosse
d'un fils (comme on le vit bien ensuite,
quand elle accoucha) ; elle s'aperçut de
sa grossesse et la cacha le mieux qu'elle
put. Mais elle vit bientôt son ventre
grossir tant qu'elle n'en pouvait plus
faire mystère : un jour donc que le
Roi se trouvait avec elle et causait
familièrement, elle mit, en femme fine
et avisée, la conversation sur le terrain qui lui parut le meilleur pour lui
permettre de dire ce qu'elle avait à
confesser ; et, quand le moment lui
sembla favorable, elle déclara au Roi

qu'elle était loin d'être aussi belle que sa sœur.

En apprenant cela, le Roi s'indigna fort de ce qu'Ariabarzane n'avait pas obéi à ses ordres; et, quoiqu'il aimât beaucoup sa femme, il ne perdit pas de vue ses projets; il appela le Héraut qu'il avait envoyé une première fois et renvoya la fille à son père en lui faisant dire : « Ariabarzane, tu t'es aperçu que
» ton Roi t'a dépassé, t'a vaincu en géné-
» rosité, et tu as voulu, au lieu de lui
» rendre la pareille, lui désobéir, user
» envers lui de méchanceté; tu lui as en-
» voyé non pas celle de tes filles que je
» t'ai demandée en son nom, mais celle
» qu'il t'a convenu de lui envoyer; cela
» mérite, en vérité, le plus cruel châti-
» ment. Aussi le Roi, dont la colère est
» extrême, te renvoie ta fille et veut que
» je lui amène l'aînée. Je te rapporte
» aussi toute la dot que tu lui as donnée;
» voici tout. » Ariabarzane reçut et sa fille et la dot avec un visage riant et il dit au Héraut : — « Je ne puis pas envoyer
» maintenant avec toi mon autre fille

» que demande le Roi, mon Seigneur ;
» elle est au lit gravement malade, comme
» tu pourras t'en assurer en venant avec
» moi dans sa chambre ; mais je t'engage
» ma foi que, dès qu'elle sera guérie, je
» l'enverrai à la Cour. » Le Héraut vit
la jeune fille qui était malade et au lit,
il retourna près du Roi et lui dit tout ; le
Roi, satisfait, attendit la fin.

La jeune malade ne guérit pas vite ; sa
sœur vint à terme et accoucha d'un
beau garçon ; tout se passa bien pour le
fils et pour la mère, Ariabarzane en
éprouva un plaisir infini, une joie extrême, et cela d'autant plus qu'au bout
de peu de jours, le bambin qui venait de
naître accusa avec le Roi son père une
ressemblance telle, qu'elle ne pouvait pas
être plus grande.

Quand la jeune femme fut relevée de
couches, sa sœur aussi se trouva guérie
et redevenue belle comme auparavant ;
Ariabarzane les envoya toutes deux au
Roi richement vêtues et bien accom-
pagnées ; il leur avait enseigné d'abord ce
qu'elles avaient à dire et à faire.

A leur arrivée à la Cour, un des gens d'Ariabarzane parla ainsi au Roi : « Haut » et puissant Seigneur, Ariabarzane, votre » serviteur, vous envoie non pas une de » ses filles, mais bien toutes les deux, et » il n'en a pas davantage ; les voici. » A ces mots, le Roi, voyant la générosité et la courtoisie d'Ariabarzane, accepta et se dit, à part lui : « Je veux vaincre Aria- » barzane tout en le rendant l'homme le » plus heureux du monde. » Et, avant le départ de celui qui avait conduit les jeunes filles, il fit appeler un de ses fils, qui s'appelait Cyrus, et lui dit : « Mon fils, » je veux que tu prennes pour femme » cette enfant qui est sœur de la mienne » et très-belle, comme tu peux le voir ». Le jeune homme y consentit avec grand plaisir, le Roi reprit donc sa femme, organisa une fête solennelle et voulut que les noces de son fils fussent célébrées en grande pompe, avec le plus brillant appareil ; elles devaient durer huit jours.

A la nouvelle de ces événements, Aria- barzane ne se reconnut pas encore vaincu ; il vit que tout lui réussissait à souhait et

I   8.

il résolut d'envoyer au Roi le fils qui
venait de lui naître et qui lui ressemblait,
je l'ai dit déjà, comme une mouche à une
autre mouche. Il fit donc fabriquer un
berceau de très-bel ivoire, tout incrusté
d'or, orné des pierres les plus précieuses;
il y fit mettre l'enfant dans des draps de soie
et de brocart d'or d'une extrême finesse, et le fit mener au Roi avec sa
nourrice, accompagné d'une superbe
escorte, au moment même où les noces
se célébraient.

Le Roi était dans une salle magnifique, en compagnie d'un grand nombre
de ses Barons. Quand celui qui avait
mission de lui présenter l'enfant y fut
arrivé, il fit déposer le berceau devant
lui et s'agenouilla. Le Roi et tous les
Barons, fort étonnés de cette action,
prêtaient l'oreille à ce qu'allait dire le
Messager. Il s'exprima en ces termes,
sans lâcher le berceau : « Invincible Roi,
» je viens de la part d'Ariabarzarne, mon
» maître et votre vassal, baiser humble-
» ment vos mains royales, et après vous
» avoir rendu les hommages qui vous

» sont dus, je vous offre ce présent. Aria-
» barzane remercie infiniment votre Hau-
» tesse, de l'extrême bienveillance qu'elle
» a bien voulu lui témoigner en daignant
» contracter alliance avec lui. Il n'a pas
» voulu se montrer ingrat pour tant de
» courtoisie et il vous envoie par mes
» mains le présent que voici. » En même
temps, le Messager découvrait le berceau.
Aussitôt apparut le gracieux enfant, qui
était bien la plus jolie créature qu'on
pût voir et qui ressemblait au Roi comme
une moitié de la lune ressemble à l'autre
moitié. Aussitôt chacun de dire, sans plus
informer : — « Vraiment, Majesté sacrée,
» cet enfant est bien le vôtre ». Le Roi ne
se rassasiait pas de le regarder, et il
prenait à cette contemplation tant de
plaisir qu'il ne disait pas un mot. L'enfant
faisait des gestes gracieux, il jouait avec
ses petites mains et se tournait souvent
vers son père avec des petits rires char-
mants. Quand le Roi l'eut regardé longuement et avec grande attention, il
voulut savoir du Messager ce que tout
cela voulait dire ; celui-ci raconta exac-

tement l'histoire. Le Roi l'écouta et fit
appeler la Reine; quand il lui eut entendu
confirmer tout le récit du Messager, il
montra un extrême contentement; il
reçut avec joie son jeune fils et fut sur
le point de se déclarer vaincu. Cependant
il lui sembla qu'il s'était trop avancé
pour reculer sans encourir la honte et
mériter le blâme, et il résolut d'user
encore envers Ariabarzane de tant de
courtoisie et de générosité, qu'il le sur-
passât décidément ou qu'il eût un motif
éclatant d'en venir avec lui à une inimitié
mortelle.

Le Roi avait une fille de vingt à vingt
et un ans, belle et gracieuse (comme peut
l'être une jeune fille royalement élevée);
elle n'était pas encore mariée, et il la
réservait pour la donner à quelque Roi
ou à un très-grand Prince. Elle avait
pour dot mille livres de l'or le plus fin,
outre les revenus de plusieurs domaines,
sans compter les habits précieux et les
innombrables bijoux que lui avait laissés
en mourant la Reine sa mère. Le Roi donc,
résolu de vaincre Ariabarzane, forma

le projet de le prendre pour gendre en lui donnant sa fille. Il est bien vrai qu'il lui semblait s'abaisser beaucoup par tant de condescendance, car c'est une grande chute pour une femme de haut lignage de prendre pour mari un homme de moins noble extraction. Il n'en est pas de même pour l'homme de haute noblesse, quand même il épouse une femme de condition inférieure à la sienne ; il ne déchoit pas de son rang pour cela. S'il appartient à une race noble et pure, il anoblit la femme qu'il prend et l'élève jusqu'à lui, quand il la choisirait dans le bas peuple ; et les fils qui naissent de cette union seront aussi nobles que leur père. Mais si une femme, même de la plus noble extraction, épouse un homme d'une condition inférieure à la sienne et que son mari ne soit pas noble, les fils se rattachent à la famille de leur père et non pas à celle de leur mère ; ils ne sont pas nobles : tant sont grandes l'influence et l'autorité du sexe masculin. C'est pour cela que, selon bien des sages, on peut comparer l'homme au Soleil et la femme

à la Lune. Car nous voyons bien que
la Lune n'a pas de lumière propre,
qu'elle ne pourrait répandre aucun éclat,
aucune clarté au milieu des ténèbres de
la nuit, si elle ne recevait la lumière du
Soleil dont les rayons ardents font, en
temps et lieux, resplendir les Étoiles et
briller la Lune : de même, la femme est
dans la dépendance de l'homme et reçoit
de lui la noblesse.

Ainsi donc, il semblait au Roi qu'il
avait tort de donner sa fille à Ariabarzane
et il craignait le blâme et les critiques ;
mais il mit de côté tout respect humain
et le désir de rester vainqueur dans cette
lutte de courtoisie fut plus puissant sur
lui que la honte. Il fit donc dire à Ariabarzane de venir à la Cour. Celui-ci, au
reçu de l'ordre du Roi, se mit en route
et descendit au palais qu'il possédait dans
la ville ; puis aussitôt il alla saluer son
Seigneur, qui lui fit un très-gracieux
accueil. Le Roi ne tarda guère à lui dire :
« Ariabarzane, puisque tu n'as pas de
» femme, nous voulons t'en donner une
» selon notre bon plaisir ; elle est telle

» qu'il te faudra bien t'en contenter. »
Ariabarzane répondit qu'il était prêt à
faire tout ce que voudrait son souverain.
Le Roi fit à l'instant venir sa fille qui se
présenta magnifiquement vêtue, et il
voulut qu'Ariabarzane l'épousât en présence de toute la Cour. Quand les noces
eurent été célébrées avec les cérémonies
convenables, Ariabarzane témoigna peu
de plaisir de l'alliance qu'il venait de
contracter et eut l'air de faire fort peu de
caresses à sa jeune épouse. Tous les Barons et gentilhommes qui se trouvaient à
la Cour étaient stupéfaits de la bonté de
leur Roi, qui avait daigné prendre un de
ses vassaux pour beau-père et pour gendre ;
d'un autre côté, ils voyaient bien la froi-
deur d'Ariabarzane et ne pouvaient se
lasser de le blâmer. Ariabarzane fut tout
ce jour-là extrêmement préoccupé, et
pendant que toute la Cour était en fête,
qu'on ne faisait que danser, que le Roi
lui-même présidait aux réjouissances en
l'honneur des noces de sa fille, il restait
absorbé dans ses pensées.

Le soir, après un repas somptueux,

le Roi fit conduire sa fille en grande
pompe au logis d'Ariabarzane ; il y fit
porter en même temps sa magnifique
dot. Ariabarzane accueillit sa femme fort
honorablement ; à l'instant même, en
présence de tous les Barons et de tous
les Seigneurs qui l'avaient accompagneé,
il lui constitua une dot égale à ce qu'elle
avait apportée, et renvoya au Roi les
mille livres d'or par lui données à sa
fille. Cette libéralité excessive étonna
prodigieusement le Roi et le mit de
plus si fort en colère, qu'il ne savait s'il
devait s'avouer vaincu ou condamner
son vassal à un exil perpétuel. Il trouvait
qu'il était impossible de surpasser la
grandeur d'âme d'Ariabarzane, et ne
pouvait souffrir qu'un de ses vassaux
eût la prétention de l'égaler en courtoisie et en générosité. Il se montra donc fort
irrité, puis il réfléchit à ce qu'il devait
faire en pareille occurence. On n'eut pas
de peine à voir son mécontentement et
sa colère, car il avait la figure renversée
et ne faisait bon visage à personne. Les
Rois étaient à cette époque honorés et

respectés en Perse à l'égal des Dieux ; mais d'après une loi du pays, toutes les fois que le Roi s'irritait outre mesure, il devait faire connaître les motifs de sa colère à ses Conseillers qui les examinaient avec le plus grand soin : s'ils les trouvaient mal fondés, ils obligeaient le Roi à se calmer ; s'il leur semblait vraiment qu'il eût de justes motifs de s'irriter et de se mettre en colère, ils prononçaient une peine plus ou moins sévère, selon le cas, contre celui qui avait irrité leur souverain : c'était tantôt l'exil, tantôt la peine capitale. Le jugement ne pouvait pas être frappé d'appel. Le Roi avait la faculté, une fois la sentence prononcée, de diminuer la peine ou de la réduire à néant et d'absoudre le coupable ; on voyait bien ainsi que le jugement prononcé par les Conseillers n'était dicté que par la justice, et que le Roi, s'il faisait grace à quelqu'un, ne se laissait guider que par des sentiments d'humanité et de compassion.

Le Roi fut donc obligé, en vertu des statuts de l'État, de faire connaître à

son Conseil les causes de son mécontentement. Il les exposa en détail. Les
Conseillers, après avoir entendu ses explications, envoyèrent chercher Ariabarzane et voulurent lui entendre exposer,
pour les examiner mûrement, les motifs
de tels et tels de ses actes. Puis ils se
mirent à discuter, à rechercher entre
eux ce qu'il fallait penser de tous ces
faits ; enfin, après un long débat, ils
décidèrent qu'Ariabarzane devait perdre
la tête, pour avoir voulu non-seulement
devenir l'égal du Roi, mais encore le
surpasser, et aussi pour n'avoir pas témoigné de joie en recevant pour femme la
fille de son Roi et pour ne lui avoir pas,
comme il le devait, rendu grace de tant
de courtoisie. Il était admis en principe
chez les Perses que tout serviteur qui,
en n'importe quelle circonstance, cherchait à vaincre et à surpasser son maître,
devait être décapité, quand bien même
son œuvre serait en elle-même bonne et
louable, parce qu'il faut avant tout punir
le mépris de la Majesté royale et la grave
offense faite au Souverain. Pour justifier

mieux encore leur sentence, les Conseillers disaient qu'en d'autres cas semblables les Rois de Perse avaient pris la même décision, et qu'il en était fait mention dans leurs annales.

Voici le fait. Un Roi de Perse était allé à la campagne se divertir avec un grand nombre de ses Barons ; il avait avec lui ses faucons et il se mit à les lancer sur divers oiseaux. On ne tarda pas à rencontrer un héron. Le Roi ordonna qu'un des faucons, celui qui passait pour le meilleur, parce qu'il avait un souffle puissant et qu'il montait jusqu'aux étoiles, fût lancé sur le héron. Aussitôt, le héron commença à monter dans les airs et le faucon le suivit promptement. Mais voilà qu'à l'instant où, après bien des difficultés, le faucon s'apprêtait à saisir et à coiffer (comme on dit), le héron, un aigle apparut. Dès que le brave faucon l'aperçut, il dédaigna de combattre davantage le timide héron ; il se tourna contre l'aigle, se dirigea vers lui d'un vol rapide et se mit à le poursuivre avec ardeur. L'aigle se défendait avec beaucoup de courage et le faucon s'efforçait de l'entraîner à terre. Enfin, le bon faucon, de ses griffes puissantes, saisit l'aigle par le cou et lui détacha la tête du corps, puis vint tomber au milieu de la suite du Roi. Tous les Barons et tous les gentilshommes qui étaient avec le Roi vantèrent chaudement cet acte de courage ; ils dirent que ce faucon était un des meilleurs du monde et lui firent les éloges que paraissait mériter sa conduite, si bien qu'il n'y avait là personne qui ne le louât extrêmement. Le Roi, à tout ce que dirent ses Barons ou les autres, ne répondit pas un mot ; il resta pensif et recueilli, et ne donna au faucon ni blâme ni louange.

Il était fort tard quand le faucon avait tué l'aigle ; le Roi donna l'ordre à tout le monde de rentrer en ville. Le lendemain, il fit faire par un orfèvre une magnifique couronne d'or de forme telle qu'elle pût s'adapter à la tête du faucon. Puis, quand le moment opportun lui parut venu, il commanda d'élever sur la place de la ville un catafalque couvert

de velours et d'autres ornements, comme
c'est l'usage de le dresser pour un Roi.
Il y fit amener le faucon au son des
trompettes et, par son ordre, un grand
Baron posa sur la tête de l'oiseau la couronne d'or pour le récompenser de sa
victoire sur l'aigle. Mais aussitôt d'un
autre côté se présenta le bourreau, qui
retira la couronne de la tête du faucon
et lui coupa le cou avec sa hache. Tous
ceux qui assistaient à ce spectacle furent
fort étonnés de ces alternatives, et tout
le monde se mit à commenter l'événement de diverses façons. Le roi, qui se
tenait à une des fenêtres du palais pour
tout voir, fit faire silence, et d'une voix
si haute que tous les spectateurs le
purent entendre, il parla en ces termes :
« Que personne ne prétende élever des
» plaintes à propos de ce qui vient de
» se passer pour le faucon, car tout ce
» qui a été fait était raisonnable. Le
» devoir d'un Prince magnanime est,
» selon ma ferme croyance, de distinguer
» le vice et la vertu, afin de pouvoir
» honorer les belles et louables actions

» et punir les vices; celui qui ne ferait
» pas cela ne serait ni un Roi ni un
» Prince; il mériterait le nom de perfide
» tyran. C'est pourquoi, ayant reconnu
» dans le faucon qui maintenant est
» mort, beaucoup de courage et de bra-
» voure unis à une grande vigueur, j'ai
» voulu l'honorer et le récompenser en
» lui décernant une couronne de l'or le
» plus fin ; il a valeureusement tué un
» aigle : tant de hardiesse et de valeur
» méritaient un tel prix. Mais j'ai con-
» sidéré ensuite qu'il avait eu l'audace
» et la témérité d'attaquer et de tuer son
» roi, et il m'a paru convenable de lui
» faire porter la peine d'une si grande
» scélératesse ; car il n'est jamais permis
» au serviteur de tremper les mains dans
» le sang de son maître. Le faucon ayant
» mis à mort son roi et celui de tous les
» oiseaux, qui pourra raisonnablement
» me blâmer de lui avoir fait trancher
» la tête ? Personne, en vérité, si je ne
» me trompe. »

Les Juges d'Ariabarzane alléguèrent
cet arrêt, quand ils prononcèrent la sen-

tence qui le condamnait à être décapité.
Afin de s'y conformer ponctuellement,
ils ordonnèrent qu'Ariabarzane serait
d'abord couronné de laurier pour sa
grandeur d'âme, sa courtoisie, sa libéralité : cette récompense était due à ses
belles qualités ; mais, comme il avait mis
toute son émulation et tous ses soins,
employé mille moyens, fait tous ses
efforts pour lutter de générosité avec son
Roi, et même pour le surpasser et pour
paraître plus libéral et plus magnanime
que lui ; comme il avait de plus tenu sur
son compte de mauvais propos, il devait,
pour tous ces motifs, avoir la tête tranchée.

Ariabarzane, averti de la condamna-
tion sévère prononcé contre lui, supporta
ce terrible revers de fortune avec autant
de grandeur d'âme qu'il avait supporté
déjà les autres coups d'un destin ennemi ;
il se conduisit de telle sorte et se contint
si bien, qu'on ne put voir en lui aucun
signe de chagrin ou de colère. Il dit seulement d'un visage calme, en présence de
beaucoup de monde : « Cela seul me

» restait, de faire largesse à mon Seigneur
» de ma vie et de mon propre sang. Je le
» ferai bien volontiers, et de telle façon
» que je puis mourir, le monde le verra
» bien, avant de renoncer à mes habi-
» tudes de libéralité. » Il fit donc appeler
le Notaire et dicta son testament, comme
les lois du pays le lui permettaient ; il
augmenta les dots de ses filles et de sa
femme, et, après avoir légué ce qui lui
parut convenable à ses parents et à ses
amis, il laissa au Roi des bijoux très-pré-
cieux pour une somme considérable ; à
Cyrus, son gendre, le fils du Roi, il légua,
outre une bonne somme d'argent, toutes
ses armes offensives et défensives, avec
tout son attirail de guerre et autant de
chevaux qu'il en avait. Enfin il ordonna
que si sa femme, qui pouvait être
enceinte, mettait au monde un enfant
mâle, ce fils à naître serait l'héritier de
tous ses biens ; si, au contraire, c'était
une fille, elle devait recevoir la même
dot que ses deux sœurs ; le reste de ce
qu'il possédait serait partagé également
entre elles trois. Il prit encore les dispo-

sitions nécessaires pour que tous ses
serviteurs fussent récompensés selon le
rang qu'ils occupaient chez lui. Tout cela
fut rendu public, comme c'est l'usage en
Perse, la veille du jour où Ariabarzane
devait être mis à mort, et l'avis général
fut que c'était l'homme le plus généreux
et le plus magnanime qui eût jamais existé,
non-seulement en Perse, mais peut-être
aussi dans les pays voisins. Sauf quelques
envieux, qui avaient toujours cherché à
ruiner son crédit auprès du Roi, tout le
monde témoignait un vif déplaisir de le
voir destiné à une si triste fin. Il n'était
permis à personne, quand de pareils
jugements avaient été rendus, de
demander au Roi la grace du condamné.
Aussi la femme et les filles d'Ariabarzane,
ses parents et ses amis vivaient dans la
plus profonde tristesse et ne faisaient que
pleurer nuit et jour. Le huitième jour
venu (on accorde ce temps au condamné
pour mettre ordre à ses affaires), on dressa
par ordre du Roi au milieu de la place
une estrade toute couverte de drap noir;
en face, on en éleva une seconde qu'on

recouvrit de pourpre et d'étoffes de soie ;
(le Roi s'y assied, s'il le veut, au milieu
des Juges, lecture est donnée de la sentence, et le Roi ordonne de sa bouche de
la mettre à exécution, ou, si cela lui
convient, il fait grace au condamné et le
met en liberté ; quand le Roi ne veut pas
assister à ces cérémonies, le plus vieux
des Juges reçoit ses ordres et les met
aussitôt à exécution). Le Roi, qui souffrait
vraiment de voir un homme si magnanime, un si loyal serviteur, son beau-
père et son gendre, faire une si horrible
fin, voulut ce matin-là être présent à
tout, tant pour voir la contenance
d'Ariabarzane que pour avoir le moyen de
le sauver.

Ariabarzane fut donc conduit sur
l'estrade par les Sergents de justice ; il
était pompeusement vêtu ; on lui posa
sur la tête la couronne de lauriers. Mais
il fut bientôt dépouillé de ses riches
vêtements et de sa couronne, et revêtu
de ses habits ordinaires. Le Bourreau
était là debout, attendant l'ordre de faire
son suprême office ; déjà son épée tran-

chante était levée ; le Roi regardait fixement au visage Ariabarzane, dont la
figure n'éprouvait pas la moindre altéra-
tion ; on aurait dit que ce qui se passait
ne le regardait pas, et cependant il pouvait
bien croire raisonnablement que le Bourreau était prêt à lui trancher la tête.
Le Roi, voyant l'inébranlable fermeté et
le courage invincible d'Ariabarzane, lui
parla ainsi d'une voix haute et que tout
le monde entendit : « Ariabarzane, ce
» n'est pas moi, comme tu peux le savoir,
» qui t'ai condamné à mort ; tes actions
» imprudentes et les lois de ce Royaume
» t'ont réduit à cette extrémité. Nos
» saintes lois me permettent de faire
» grace partielle ou entière à un condamné
» et de lui rendre la faveur dont il jouis-
» sait autrefois ; si tu veux t'avouer
» vaincu et si tu consens à accepter de
» moi la vie, je te ferai grace de la mort
» et je te rendrai tes charges et tes
» dignités. » Ariabarzane, qui était à
genoux, la tête inclinée, attendant le
coup qui devait la séparer de son corps,
la releva, et se tourna vers le Roi. Il

réfléchit que ce n'était pas la méchanceté du Roi, mais plutôt l'envie des autres et les langues envenimées de ses ennemis qui l'avaient amené à un pas si cruel et il résolut, en profitant pour rester en vie de la compassion et de la générosité de son souverain, de ne pas combler de joie ses ennemis par sa mort; il prit donc une attitude respectueuse et répondit au Roi d'une voix ferme et sonore : « Mon
» invincible Seigneur, respecté de moi à
» l'égal des Dieux immortels, puisque tu
» veux (graces t'en soient rendues) que
» je vive, j'accepte respectueusement de
» toi le don de la vie dont je ne voudrais
» pas si je croyais devoir vivre dans ta
» disgrace, et je me reconnais absolument
» vaincu. Je resterai donc vivant et je
» garderai la vie que tu me donnes pour
» ton service, afin de pouvoir te la rendre
» quand tu le voudras pour le bien de ta
» couronne sacrée, comme je la reçois
» aujourd'hui de ta générosité. Je te la
» rendrai d'aussi bon cœur que je
» l'accepte de toi en ce moment. Et,
» puisque tu as bien voulu me faire une

» si grande faveur, je dirai volontiers ici
» en public, si cela ne t'est pas désa-
» gréable, ce qui me vient en ce moment à
» l'esprit. »

Le Roi fit signe à Ariabarzane de se
relever et de dire ce qui lui plairait. Il
se leva, la foule fit silence, et il se mit à
parler en ces termes : « Il y a deux
» choses, Majesté sacrée, qui ressem-
» blent aux flots de la mer par leur
» mobilité, et aux vents par leur in-
» stabilité ; la troupe des sots qui les
» recherchent avec le plus grand soin
» et avec toute l'ardeur possible, n'en
» est pas moins infinie. Je veux dire
» qu'il en est ainsi le plus souvent. Ces
» deux choses que tout le monde désire
» si ardemment, sont la faveur d'un
» Maître et l'amour d'une Dame ; elles
» trompent si souvent celui qui les re-
» cherche loyalement, qu'il n'en retire à
» la fin pas autre chose que des regrets.
» Je commence par parler des Dames
» qui, comme on le dit partout, laissent
» le plus souvent le meilleur pour s'at-
» tacher au pire ; on voit un beau jeune

» homme, noble, riche, brave, orné de
» tous les talents, prendre pour sa bien-
» aimée une jeune fille, la servir et
» l'honorer avec autant de fidélité qu'on
» en doit aux Dieux, se plier à toutes
» ses volontés : il a beau aimer, servir
» et prier, il ne pourra tant faire qu'il
» se concilie les bonnes graces de sa
» Dame ; elle aimera, au contraire, un
» autre homme dépourvu de tout mé-
» rite, se livrera à lui, puis ne s'y tien-
» dra guère et reprendra le premier
» après l'avoir chassé ; inconstante et
» dédaigneuse, après l'avoir élevé jus-
» qu'aux étoiles, elle cèdera à son na-
» turel capricieux et le laissera tomber
» au fond de l'abîme. A qui lui deman-
» derait la cause de ces changements,
» elle ne saurait rien répondre, sinon
» que cela lui plaît ainsi ; si bien qu'il
» arrive rarement qu'un amant sincère
» puisse avoir quelque tranquillité, il
» voit sa vie constamment agitée en
» tous sens par le caprice de sa Dame.
» On voit de même, dans les Cours des
» Rois et des Princes, quelqu'un être

» en possession de la faveur de son Sei-
» gneur ; il semble vraiment que son
» maître ne sache rien faire ni rien
» dire sans lui ; et cependant quand il
» aura mis tous ses soins à conserver et
» à se concilier davantage, au prix de
» bien des travaux et de bien des ef-
» forts, les graces de son maître, voici
» que tout à coup le goût du Seigneur
» changera et s'attachera à un autre ;
» celui qui était tout à l'heure le pre-
» mier de la Cour se trouve en un in-
» stant être devenu le dernier. Il aura
» beau continuer ensuite à être un ser-
» viteur diligent, soigneux et empressé,
» avoir l'expérience de la Cour et s'occu-
» per bien plus des affaires de son Sei-
» gneur que de sauvegarder sa propre
» vie, tout est en pure perte ; il n'en est
» jamais récompensé et il se voit vieillir
» au service sans en recueillir le moin-
» dre prix. Voyez cet autre, très-versé
» dans n'importe quelle science ; il n'en
» meurt pas moins de faim à la Cour,
» tandis qu'un ignorant, un homme
» sans valeur, reçoit de son Seigneur de

» grandes richesses dues à la faveur et
» non à son mérite. Non que les gens
» instruits, les hommes de talent dé-
» plaisent au Seigneur : il en favorise,
» il en élève un grand nombre ; mais
» c'est que le caractère de l'autre ne lui
» revient pas ; leurs humeurs, comme
» on dit, ne s'accordent pas ensemble.
» Combien de fois arrive-t-il de voir quel-
» qu'un qu'on n'a jamais rencontré au-
» paravant, et qui déplaît à première
» vue comme la peste, dont on ne
» pourra jamais supporter la présence,
» et qui, s'il cherche à se rendre utile et
» agréable, n'arrivera qu'à déplaire da-
» vantage ? Au contraire, on aperçoit
» quelqu'un qu'on n'a jamais vu, et il
» plaît tant de premier abord, on le
» trouve si complètement à son gré, qu'on
» ne saurait lui refuser de faire pour lui
» le sacrifice de sa vie s'il le demandait ;
» on sent un certain je ne sais quoi qui
» oblige à l'aimer, et il aurait beau faire
» tout de travers, désobéir aux ordres
» qu'il aurait reçus, ce serait toujours
» bien. D'où viennent ces sentiments

» divers? Ne résultent-ils pas de la na-
» ture du sang en lui-même excité par
» quelque influence céleste, qui le sait?

» Il est bien vrai qu'on peut, en ce
» qui concerne les Cours, trouver à ces
» changements quelque semblant de rai-
» son : c'est l'envie, cette peste, dont les
» atteintes empoisonnées sont mortelles,
» et qui tient constamment, comme sur
» une balance, les faveurs du Prince ; en
» un instant elle élève celui qui était
» en bas et elle abaisse celui qui était en
» haut, de sorte qu'il n'y a pas dans les
» Cours de poison plus nuisible et plus
» dangereux que le mal d'envie. On ar-
» rive facilement et avec peu de peine à
» soigner et à rendre inoffensifs les au-
» tres vices chez ceux qui les ont, de
» telle sorte qu'ils ne font tort à per-
» sonne; mais quel moyen employer,
» quel artifice mettre en œuvre, quel
» remède donner pour apaiser l'envie?
» Je ne sais vraiment pas comment on
» pourra jamais échapper, sans en souf-
» frir cruellement, à ses morsures ai-
» guës. Donnez-moi à la Cour un or-

» gueilleux, un vaniteux, un ambitieux,
» un homme plus fier que la fierté
» même : si on va le saluer dès qu'on
» l'aperçoit, si on lui fait honneur, si on
» lui cède toujours, si on l'exalte jus-
» qu'au ciel en restant humble soi-même,
» on s'en fait aussitôt un ami et on s'ac-
» quiert auprès de lui la réputation
» d'un aimable et gracieux courtisan.
» Donnez-moi un voluptueux, adonné
» aux plaisirs des femmes, et qui ne dé-
» sire pas autre chose que la fugitive
» jouissance d'amour : il suffira de ne
» pas mettre obstacle à ses passions, de
» ne pas blâmer ses plaisirs, de faire son
» éloge devant les Dames, pour se con-
» cilier à jamais son amitié. Donnez-moi
» un avare ou un gourmand : j'adminis-
» trerai au premier une bonne somme
» d'argent en guise de médecine, et j'in-
» viterai souvent le second à manger
» avec moi; l'un et l'autre seront aussi-
» tôt guéris. Mais si vous me donnez un
» envieux, quelle médecine purgative
» trouver à son humeur pestilentielle?
» Si l'on veut tenter cette guérison, il

» faut y sacrifier sa propre vie et ne pas
» penser qu'il soit jamais possible de
» trouver autre remède. Qui ne sait,
» Majesté sacrée, que si quelqu'un at-
» teint de cette maladie aussi redou-
» table que la peste, me voit plus que
» lui en faveur auprès de toi, s'il s'aper-
» çoit que mes services sont plus agréa-
» bles que les siens, que je suis plus
» habile que lui à manier les armes,
» que je vaux mieux que lui en n'im-
» porte quoi, et qu'il me porte envie,
» qui ne sait, dis-je, que celui-là ne gué-
» rira jamais, à moins de me voir privé
» de tes bonnes graces, chassé de la
» Cour, ruiné complètement? J'aurai
» beau lui faire tout le jour les plus ri-
» ches présents, lui témoigner du re-
» spect en toute circonstance, le vanter
» autant que je saurai le faire et lui
» rendre toute espèce de services, ce
» sera peine perdue. Il ne cessera jamais
» de s'employer contre moi, jusqu'à ce
» qu'il me voie abîmé dans le malheur ;
» tous les autres remèdes seront vains et
» sans effet. Voilà la cruelle maladie

» qui empoisonne toutes les Cours, qui
» empêche toutes les actions généreuses,
» et qui cherche à ébranler toutes les
» âmes élevées. Voilà le sombre voile
» qui obscurcit si complètement les yeux
» d'autrui, qu'il ne laisse plus voir la vé-
» rité, qu'il fausse le jugement, qu'il
» permet malaisément de distinguer le
» juste de l'injuste; c'est la cause évi-
» dente des milliers d'erreurs qui se
» commettent tout le jour dans les ac-
» tions humaines. Et, pour m'en tenir
» à ce qui concerne le sujet que nous
» traitons en ce moment, il n'y a, en vé-
» rité, pas de vice au monde qui cor-
» rompe les Cours autant que le poison
» de l'envie, il n'en est pas qui rompe
» mieux les liens les plus sacrés, ni qui
» entraîne à leur ruine plus de Sei-
» gneurs; car, dès qu'on écoute les
» méchancetés qu'il suggère, on ne peut
» plus rien faire de bon. Je finis en
» disant que si l'envieux est heureux du
» bien qui lui arrive, s'il jouit de son
» bonheur, il est encore bien plus con-
» tent, et il se réjouit bien davantage

» du mal qui arrive à autrui ; il pleure,
» il se désole quand il voit les autres
» heureux, et il consentirait volontiers à
» se faire arracher un œil pour en faire
» perdre deux à son voisin. J'ai voulu,
» Prince invincible, te dire ici ces quel-
» ques mots, en présence de tes Sa-
» trapes et du peuple tout entier, afin
» que chacun sache bien que si j'ai en-
» couru ta disgrace, ce n'est ni par ma
» faute ni par la tienne, mais à cause
» des propos envenimés des envieux. »

Le franc parler d'Ariabarzane plut au
magnanime monarque : tout en se sentant piqué par ces paroles, il compre-
nait qu'elles étaient vraies et que tout le
monde pouvait en faire à l'avenir son
profit ; aussi ne leur ménagea-t-il pas
ses louanges en présence de tous. Puis,
comme Ariabarzane avait déjà reçu de
son Roi la vie à titre de don gracieux et
s'était déclaré vaincu ; comme le Roi
connaissait sa valeur et sa loyauté, et
qu'il l'aimait enfin comme il devait l'aimer, il le fit gracieusement descendre de
la noire estrade où il était et lui ordonna

de monter sur la sienne; il lui fit bon
accueil, et le baisa, pour montrer qu'il
lui remettait et lui pardonnait toutes ses
injures. Il voulut que toutes ses charges
lui fussent rendues, et, pour le rendre
plus grand encore que par le passé, il
lui fit don de la ville de Passagarde, où
était le tombeau de Cyrus; il le nomma
son Lieutenant général dans tous ses
États et dans tous ses Domaines, et
ordonna que tout le monde lui obéît
comme à sa propre personne.

Ainsi le Roi resta le beau-père honoré
et le gendre affectionné d'Ariabarzane;
il prit toujours conseil de lui en toutes
circonstances, et ne fit jamais rien d'im-
portant sans prendre son avis. Ariabarzane était donc plus que jamais rentré
en grace auprès de son maître; il avait,
à force de courage, vaincu tous ses ennemis, brisé et rompu les armes de l'envie. S'il avait été auparavant bienveillant et libéral, il devint, une fois arrivé
au sommet des grandeurs, d'une générosité royale; pour un acte de courtoisie
qu'il aurait fait autrefois, il en faisait

deux maintenant; mais il était généreux
avec réserve, il mettait dans ses libérali-
tés de la mesure et de la prudence, et
tout le monde pouvait voir clairement
qu'il n'entendait pas lutter avec son
Seigneur, mais bien faire éclater aux
yeux de tous la grandeur de la Cour de
son Roi, et que c'était pour cela seulement qu'il dépensait magnifiquement
et faisait largesse aux autres des biens
qu'il tenait de son Roi et de la Fortune.
Il resta jusqu'à son dernier jour dans
les bonnes graces de son Prince, parce
que le Roi vit, clair comme le jour,
qu'Ariabarzane avait été formé par la
nature pour être un miroir éclatant de
courtoisie et de générosité, et qu'il serait plus facile d'enlever au feu sa chaleur, et au Soleil sa lumière, que de le
faire renoncer à ses habitudes de magnificence. Aussi ne cessait-il de lui témoigner chaque jour plus d'estime, de
l'élever et de le rendre plus riche, pour
lui donner le moyen de faire encore plus
de largesses. Et, bien qu'en vérité ces
deux qualités, la courtoisie et la géné-

rosité, soient l'ornement de tous ceux
qui les possèdent; bien que, sans elles,
un homme ne soit pas vraiment homme,
il faut reconnaître qu'elles conviennent
surtout aux riches, aux Princes, aux
grands Seigneurs, et qu'elles sont pour
eux ce que sont pour l'or fin et poli les
perles d'Orient, ou pour une belle et
gracieuse dame deux beaux yeux, deux
belles mains blanches comme l'ivoire :
tels que sont, très-aimable Signora, vos
beaux yeux et vos mains si belles qu'elles défient toute comparaison.

LE BANDELLO

AU TRÈS-GRACIEUX SEIGNEUR LE SIGNOR

L. SCIPIONE ATTELLANO

IL *y a certaines gens qui aiment par-dessus tout à se moquer du prochain ; quand ils ont réussi à jouer un bon tour à qui que ce soit, ils s'en glorifient, ils se tiennent en plus haute estime, et se croient bien malins, bien rusés. Si par hasard on leur rend la monnaie de leur pièce, et que d'autres les daubent, il leur arrive ce qui arrive aux Bouffons, qui sont plus vexés pour une mauvaise farce qu'on leur fait, qu'ils n'ont éprouvé de plaisir à en faire d'abord cent à autrui. Ainsi en est-il de ceux qui*

I   II

ne peuvent souffrir qu'on se moque d'eux,
bien qu'ils n'aient pas d'autre pensée que
d'attraper tantôt l'un, tantôt l'autre. Il
me semble cependant qu'on fait très-bien
de leur rendre quelquefois pain pour
fouace, car il est juste que l'âne qui
donne un coup de pied dans un mur en
reçoive le contre-coup. On vit bien ces
jours derniers la vérité de ce que
j'avance, quand le Signor Comte Antonio
Crivello fit jouer la comédie en si somptueux appareil ; on fit une niche à Cal-
cagnino, l'acteur, et cela le mit dans une
telle colère, que, s'il s'était emporté seulement un peu plus, il en serait mort, je
crois. Et néanmoins, quand il attrape
quelqu'un, lui, il ne cesse d'en parler, de
plaisanter, et il rit tant, qu'il en pleure.
Quelques personnes avaient un jour mis
la conversation sur ce sujet et cherchaient,
en citant divers exemples, à voir si l'on
pouvait se rendre compte de pareils ca-
ractères ; personne ne trouvait les véritables motifs ; la causerie s'écarta du
sujet, et on se mit à parler des tours que
les hommes et les femmes ont l'habitude

de se jouer les uns aux autres. *Messer
Ottonello Pasini, savant homme et aimable
compagnon, raconta alors une Nouvelle
qui plut infiniment à tous ceux qui l'entendirent. Je l'ai écrite, et comme je sais
que vous en connaissez les personnages
mis en scène, bien que, pour respecter les
convenances, je ne les nomme pas, j'ai
décidé de vous en faire hommage ; car
je ne puis pas vous prouver autrement
combien je désire être votre serviteur,
tant à cause de vos belles et rares qualités qui vous méritent l'estime et le respect de tout le monde, que pour les
nombreux bienfaits que j'ai reçus de
vous. Soyez sûr que si le mari de la
Dame qui fut si bien attrapée vivait
encore, je ne publierais pas cette Nouvelle, car je pourrais causer de grands
malheurs et peut-être mettre les armes
à la main à quelqu'un de nos amis. Vous
me ferez grand plaisir en communiquant
mon histoire à vos frères, les seigneurs
Annibale et Carlo, car je sais qu'ils la
liront très-volontiers. Veuillez aussi la
montrer à nos deux Muses, la comtesse*

Cecilia Gallerana et la signora Camilla Scarampa, qui sont en vérité les deux lumières de la littérature Italienne à notre époque. Portez-vous bien.

MAUVAISE FARCE

d'une Dame à un gentilhomme, qui la lui rend au double.

NOUVELLE III

L y avait, je ne vous parle pas de long temps, dans une ville de Lombardie, une honnête et noble Dame, mariée fort richement et dont l'humeur était plus capricieuse, plus fantasque qu'il ne convient à une dame d'importance. Elle aimait infiniment à se moquer de tout le monde et prenait souvent quelqu'un pour victime ; puis elle faisait, en compagnie des autres dames, des gorges chaudes sur celui-ci et

sur celui là, si bien que personne n'osait
lui faire la cour ni prendre avec elle trop
de familiarité ; car, hardie comme elle
l'était et ayant le filet si bien coupé, elle
disait tout ce qui lui passait par la tête ;
chacun avait son compte et elle trouvait
un mot piquant pour tout le monde. Il
ne convient vraiment pas à des gentilshommes de se quereller, ni d'échanger
des paroles aigres avec des dames que
notre devoir est d'honorer et respecter
toujours, aussi n'était-il presque personne
qui n'évitât de trop s'engager dans une
conversation avec elle ; on savait qu'elle
donnait toute carrière à sa langue et
qu'elle n'avait d'égards pour qui que ce
fût. De plus, elle était belle outre mesure,
et si bien douée de tout ce qui fait le
charme d'une femme, elle mettait dans
tous ses gestes tant de grace et d'élégance,
qu'à tout ce qu'elle faisait, à chacune de
ses actions, à chacun de ses mouvements,
à chacun de ses signes, on croyait voir
s'accroître en elle un certain je ne sais
quoi si séduisant, qu'elle était sans égale
dans toute la Lombardie. Quelques

gentilshommes, faute de connaître parfaitement le caractère de la Dame, s'étaient mis à la courtiser, à papillonner autour d'elle ; elle les avait pendant quelque temps nourris de douces œillades, puis s'en était débarrassée en leur jouant un tour ou un autre, et les amoureux imprudents voyaient qu'on les avait bernés sans pitié. Bien qu'elle fût, comme je vous l'ai dépeinte, fort peu aimable, elle n'en aimait pas moins à se faire courtiser, et souvent, pour mieux allécher les galants, elle faisait mine de vouloir la chose et d'être enflammée pour tel ou tel ; mais à la fin, quand le hanneton lui trottait par la tête, elle semblait n'avoir jamais connu personne.

Il arriva un jour qu'un jeune homme riche et très-noble de cette ville, qui cependant avait entendu raconter les mauvais tours joués par cette Dame à bien des gens, et qui connaissait son caractère, la trouva si belle et si gracieuse, qu'il ne put s'empêcher de penser tout le jour plus que de raison à ses beautés : elles lui paraissaient être celles d'un ange

plutôt que d'une mortelle. Il finit par en
devenir si passionnément amoureux, qu'il
lui était impossible d'en détourner son
esprit et de songer à autre chose ; il dut
bien reconnaître qu'il ne se possédait
plus et qu'une autre s'était emparée de
lui. Tout entier à ce nouvel amour,
et préoccupé des allures de la Dame,
qu'on lui avait fait connaître, il passait
de la joie à la tristesse, selon qu'il espérait
ou désespérait ; enfin il résolut de conquérir son amitié par tous les moyens
possibles. Il se mit donc à passer souvent
par la rue où elle demeurait ; il la voyait
tout le jour sur le pas de sa porte, s'in-
clinait tendrement devant elle, s'arrêtait aussitôt, qu'il fût à pied ou à cheval,
et se mettait à lui parler. Il n'osait pas
l'entretenir de sa passion, mais ses yeux
et ses soupirs brûlants parlaient pour lui.
Elle, qui était fine et maligne, qui aimait
beaucoup à être courtisée et qui s'esti-
mait au moins à sa valeur, peut-être
plus, le regardait quelquefois du coin de
l'œil et s'ingéniait à lui montrer petit
à petit qu'il ne lui déplaisait pas. Le jeune

homme avait une sœur qui demeurait près de la maison de sa bien-aimée. Et comme il ne me paraît pas possible, pour des raisons de convenance, de citer des noms propres (j'ai même passé sous silence le nom de la ville), nous nommerons la sœur du jeune homme Barbara et l'autre Eleonora. Barbara était demeurée veuve et elle élevait un jeune fils, le seul qui lui fût resté de son mari, homme fort riche, qui l'avait laissée maîtresse absolue de tous ses biens.

Le jeune homme, que nous appellerons Pompeio, était forcé, quand il allait voir sa sœur, de passer devant la maison d'Eleonora. Pompeio regardait cela comme un très-grand bonheur, d'autant plus que sa sœur connaissait beaucoup Eleonora et qu'elles se voyaient souvent. Il eut un jour assez de hardiesse pour faire connaître à sa bien-aimée tout son amour, il la supplia d'avoir pitié de lui et de l'accepter pour son humble serviteur ; il dit encore bien d'autres choses, selon l'usage des amoureux. La Dame, qui ne se souciait de nul homme au monde, et qui ne voulait pas se gausser de Pompeio, l'un des plus hauts personnages de la ville, lui dit de se pourvoir d'une autre dame et de ne plus lui parler de pareille chose. Le jeune homme, sans perdre courage, s'appliquait à suivre partout Eleonora, et, chaque fois qu'il en trouvait l'occasion, l'entretenait de son amour. Elle se montrait toujours plus dure et plus désagréable pour lui; il en fut à demi désespéré.

Les choses en étaient là, quand Pompeio apprit un jour par hasard le départ du mari d'Eleonora pour la campagne; c'était vers la fin de Juin. Il lui passa alors par la tête d'aller parler à la Dame et de chercher à la rendre favorable à ses désirs amoureux. Sans trop réfléchir à ce qu'il allait faire, puisant dans son amour son audace et sa confiance, il monta sur sa mule et s'achemina avec ses serviteurs vers la maison de la Dame, envoya sa mule et ses gens chez sa sœur, avec ordre de l'y attendre, et pénétra seul chez Eleonora; c'était l'heure de None. La chance lui fut en cette circonstance assez

favorable ; car la Dame, qui ne dormait
pas au milieu du jour, se trouvait seule
dans une chambre du rez-de-chaussée en
face d'une porte qui donnait dans la salle ;
elle était occupée à faire avec de la soie
certains ouvrages. Pompeio entra dans la
maison et ne rencontra personne ; il alla
droit à la salle, passa sa tête à l'intérieur,
vit la Dame avant d'en avoir été aperçu et
se dirigea vers elle. Eleonora, en levant la
tête, vit le jeune homme et fut fort effrayée
parce qu'elle était seule et que tous ses
gens dormaient. Elle lui dit, avant qu'il
n'ouvrît lui-même la bouche : « Oh ciel !
» Pompeio ! qui vous amène ici seul à
» cette heure ? » Le jeune homme, après
l'avoir saluée, lui répondit qu'ayant
appris le départ de son mari pour la
campagne, il avait voulu venir lui rendre visite et causer un peu avec elle,
et qu'il était entré dans sa maison sans
être vu, après avoir renvoyé ses serviteurs
chez sa sœur. Il allait recommencer l'histoire de son amour, quand elle l'inter-
rompit en lui disant : « Mon Dieu ! à
» quel péril vous exposez votre vie et la

» mienne. De quel poids estimez-vous
» donc mon honneur? mon mari n'est
» pas sorti de la ville, et il ne peut pas
» tarder à rentrer; il a été après dîner
» pour quelque affaire et il doit être en
» route pour revenir. De grace, Pompeio,
» si vous avez quelque souci de moi, si
» mon honneur vous est cher, allez-
» vous-en, mon cœur saute dans ma
» poitrine, et il me semble à chaque
» instant voir arriver mon mari. »

A peine avait-elle prononcé ces mots,
que le mari se mit à parler si fort dans
la rue, qu'elle le reconnut à sa voix;
Pompeio le reconnut aussi. La Dame
tremblait de peur, et Pompeio, tout
ému, ne savait que faire. L'époux de la
Dame resta quelque temps devant la
porte à causer avec quelqu'un, avant de
descendre de cheval. Pendant ce temps,
Eleonora, prenant une prompte détermination, fit coucher Pompeio sur un
grand coffre, dans la chambre même où
il était venu la trouver, et elle le couvrit
si bien de vêtements qu'elle avait sous
la main, que personne ne pouvait se

douter de sa présence; elle lui recommanda de ne pas faire le moindre mouvement; puis elle éveilla une de ses
femmes qui dormait dans un cabinet
voisin. Le mari descendit de cheval et
pénétra dans la salle. Eleonora, le visage
calme, demanda d'une voix ferme :
« Qui est là? Qui vient ? » Le mari lui
répondit; en même temps, il entra dans
la chambre et alla s'asseoir sur le lit.
Puis il dit à sa femme : — « Ma chérie, j'ai
» acheté à un pauvre homme une épée
» dont la lame, fort ancienne, est la
» meilleure et la plus fine qu'il y ait
» dans cette ville; peut-être même qu'on
» n'en trouverait pas une semblable sans
» aller à bien des milles d'ici. J'ai envie
» de la faire un peu mieux brunir, de lui
» faire faire un beau fourreau de velours
» et de la donner à notre ami le capi-
» taine Brusco ; aucune autre arme que
» celle-là ne convient à un homme aussi
» accompli que lui. » En disant ces
mots, il se fit apporter l'épée et dit à
sa femme en la lui montrant : « La voici,
» regardez si vous en avez jamais vu une

» pareille. » La Dame se mit à rire et
répondit en badinant : — « Je ne me suis
» jamais beaucoup occupée d'armes ; cela
» ne regarde pas les femmes, je n'y en-
» tends rien et je ne saurais que dire de
» leur qualité, excepté quand je les vois
» dorées et bien garnies ; alors je les
» trouve belles. Mais je ne sais ce que
» vous voulez faire de tant d'armes et
» d'armures que vous avez dans votre
» chambre ; et puis, avec toutes vos
» épées et vos cimeterres, vous ne coupe-
» riez seulement pas un fromage en trois
» coups. Vous feriez mieux d'acheter
» autre chose et de dépenser votre ar-
» gent à des objets plus utiles. — C'est
» cela, » répliqua le mari, « j'achèterai
» des bonnets et toutes sortes de baga-
» telles comme vous en achetez toute la
» journée ; vous autres, si vous n'avez
» pas chaque jour des coiffures à la der-
» nière mode, des collerettes nouvelles,
» et, pour votre voiture, des couvertu-
» res ornées d'or, avec quatre chevaux
» venant du royaume de Naples ou qua-
» tre grands Frisons, il vous semble ne

» pas pouvoir vous montrer. — Oui,
» oui, » reprit la Dame, « dites toujours
» du mal des femmes et faites-leur la
» guerre. Toutes ces babioles nous siéent
» très-bien et ne regardent que nous; si
» nous nous habillons négligemment,
» sans employer l'art pour faire ressortir
» nos beautés naturelles, vous vous mo-
» quez de nous, vous dites que nous
» sommes mal tenues, vêtues en pay-
» sannes et bonnes à rester à la cuisine.
» Si vous en apercevez une autre qui
» soit bien habillée, sans être belle,
» pourvu qu'elle ait le visage bien em-
» pâté et coloré en rouge par la drogue
» du Levant, vous lui courez après
» comme la chèvre court après le sel.
» Vous savez bien que je vous connais;
» mais qu'avez-vous jamais fait de toutes
» ces armes? il semble, à vous en voir
» autant que vous en avez, que vous
» soyez capitaine de l'Empereur, et je
» vous ai déjà dit que vous ne couperiez
» pas un fromage. — C'est bien, » dit le
mari, « il faut donc que mes bras soient
» de cire ou bien que j'aie l'onglée. Par

» la foi de Dieu, avec cette lame je cou-
» perais en deux un cheval d'un seul
» coup, tant le fil est bon et fin. » La
Dame sourit, se leva et vint auprès de
l'endroit où était couché Pompeio; elle
mit la main sur un de ses vêtements qui
était de velours cramoisi et sous lequel
l'amoureux était caché, et elle dit à son
mari : — « J'ai envie de parier avec vous
» quelque chose de beau, qu'en deux
» coups vous ne couperez pas ce vête-
» ment, ici, où j'ai la main ; » sa main
se trouvait placée sur les jambes de
Pompeio. Il venait de lui prendre fantaisie de faire une belle peur à son
galant, c'était pour cela qu'elle engageait
son mari à couper son vêtement ; elle ne
désirait cependant pas que sa proposition
fût suivie d'effet.

Pensez à ce que devait éprouver Pompeio : en entendant les paroles de la
Dame, plus mort que vif, il fut sur le
point de se montrer et de s'élancer dehors. Mais se voyant seul, sans armes
pour se défendre, tandis que le mari
avait ses serviteurs près de lui et tenait

toujours l'épée à la main, il resta caché ; sa peur était telle, qu'il croyait avoir la tête sur le billot et voir le bourreau, la hache à la main, prêt à le frapper. Au milieu de ses préoccupations, il se disait cependant qu'il avait sur le corps tant de vêtements, qu'il lui semblait impossible de les couper d'un seul coup ; et il se demandait, le cœur tremblant, à quoi devaient aboutir tous ces caprices d'Eleonora ; il était baigné d'une sueur froide comme la glace. La Dame s'en tenait à ce qu'elle avait dit à son mari, et lui demandait ce qu'il voulait parier qu'il ne couperait pas son vêtement. Le mari lui répondit : — « Ma femme, je ne sais pas
» quel profit il y aurait pour vous ou
» pour moi à abîmer vos effets ; car il
» me semble que cela nous ferait à tous
» deux une perte. Mais faisons l'expé-
» rience sur quelque autre chose et vous
» apprécierez le fil de cette épée ; il n'y
» a pas de rasoir qui coupe aussi bien.
» — Parions, parions, » s'écria la Dame ;
« si vous coupez ce vêtement, je vous
» ferai faire un pourpoint cannetillé

» d'or, et si vous n'y parvenez pas, vous
» me donnerez une robe de satin blanc.»
Elle possédait en propre quelques rentes
qu'une de ses tantes lui avait laissées en
héritage et dont elle tirait d'assez gros
profits, de sorte qu'elle se croyait en
droit de parier avec son mari. Quand
celui-ci vit sa femme bien décidée à mettre
à l'épreuve cette épée incomparable, il finit,
après quelque résistance, par y consentir;
il quitta son siège, leva le bras et dit :
« Ma femme, dites-moi où vous voulez
» que je frappe et que je coupe. » Elle
avait, comme il a été dit, la main sur le
vêtement juste à hauteur des jambes de
Pompeio; elle la retira, la posa sur les
cuisses et répondit : — « Coupez là, si vous
» voulez en sortir avec honneur. —
» Parlez-vous sérieusement, » répliqua
le mari, « ou vous moquez-vous de moi?
» Sur mon âme, je vous en ferai vite
» passer la fantaisie. — C'est pour tout
» de bon, » s'écria la Dame, « et je parle
» aussi sérieusement que je le puis. Mais
» peut-être réussiriez-vous mieux à cou-
» per facilement à cet endroit-ci; tenez,

» frappez là, » et elle posait la main sur
la poitrine de son amoureux caché ; de
la poitrine elle la remonta jusqu'au
cou et dit : « Allons, coupez où est ce
» galon jaune ; » et elle tenait toujours
la main à l'endroit qu'elle désignait. Le
mari finit par s'apprêter à frapper et dit
à sa femme : — « Écartez-vous, si vous
» voulez que je vous montre ce que
» peut faire cette épée, vous verrez cette
» fois-ci un joli coup. » Il y avait beaucoup d'autres effets sous Pompeio et sur
lui, aussi la Dame répondit-elle en riant
à son mari : — « En vérité, je crois que
» vous seriez assez simple pour me
» gâter tous ces vêtements. Allez, allez,
» quand vous les aurez abîmés, je ne
» pourrai en avoir d'autres. Je ne tiens
» pas à ce que vous me montriez la force
» de votre bras sur mes robes. » Tout
en bavardant ainsi, elle emmena son
mari hors de la chambre, il monta à
cheval et partit se promener par la ville.
Elle envoya ses femmes dans la maison
à leurs travaux, rentra dans la chambre
et découvrit le pauvre amoureux qui était

plus mort que vif et qui avait mille fois maudit sa Dame, son amour et lui-même. Dès qu'elle l'eut découvert, elle lui dit en souriant : « Partez, allez à vos » affaires et ne m'ennuyez plus de vos » histoires d'amour; chaque fois que » vous oserez venir me trouver chez » moi pour cela, je vous paierai de sem-» blable monnaie, et peut-être de pis en-» core. »

Pompeio reprit un peu courage et ré-pondit : — « Madame, n'accusez que l'excès » de mon amour qui m'a poussé à agir » ainsi. » Comme elle ne lui permettait pas de continuer, il s'en alla, combattu entre l'amour et la colère. Tout en réfléchis-sant au moyen qu'il pourrait employer pour satisfaire sa passion et se venger de sa Dame, il lui vint à l'esprit une idée bizarre, et il épia l'occasion de l'appli-quer. En attendant, il suivait et courti-sait comme auparavant la Dame, qui ne pouvait le regarder sans rire, en se rappelant comment elle l'avait traité.

Il arriva peu de temps après que le mari d'Eleonora quitta la Lombardie et

partit pour Rome. Pompeio apprit qu'il
y resterait quelques mois ; le jour même
de son départ, il feignit d'être malade et
fit répandre dans la ville le bruit que sa
maladie était très-grave ; il resta plusieurs
jours enfermé dans sa chambre, ayant
pour le soigner un fameux Médecin qui
était tout à sa discrétion. Il avait fait
part de ses intentions à Donna Barbara,
sa sœur. Celle-ci invita un jour à dîner
avec elle Donna Eleonora ; l'invitation
fut acceptée avec plaisir, parce que les
deux dames étaient très-liées. Pendant
qu'elles dînaient, tout en causant de la
maladie de Pompeio, un domestique dit
à Barbara : « Signora, il vient d'arriver
» à votre frère un singulier accident ; il
» a perdu la parole. — O mon Dieu ! »
s'écria-t-elle, « fais vite préparer la voi-
» ture. » Eleonora la rassura et lui offrit
de l'accompagner ; elles laissèrent donc
leurs demoiselles dîner à la maison, et
montèrent toutes deux en voiture ; on
baissa les portières du carrosse, et elles
se dirigèrent vers la maison de Pompeio.

Celui-ci était au lit dans une chambre

fort obscure. Les deux dames entrèrent
et s'approchèrent du lit. — « Mon frère, aie
» bon courage, » lui dit sa sœur ; « voici
» Madame Eleonora qui est venue te
» voir. » Pompeio prononça d'une voix
très-faible quelques paroles inintelligi-
bles ; il avait l'air d'être tout à fait mal.
Les serviteurs, qui avaient le mot, laissèrent les deux dames seules avec leur
maître. Donna Barbara, tout en ayant
l'air de faire je ne sais quoi, sortit adroitement de la chambre et ferma la porte à
clef.

Quand le malin jeune homme vit qu'il
avait en son pouvoir sa cruelle bien-
aimée, il sauta hors du lit, lui jeta les
bras au cou et lui dit : — « Vous êtes ma
» prisonnière. » Elle voulait échapper
à son étreinte, mais elle s'y efforçait en
vain. Tout en la tenant ferme, il ouvrit
une fenêtre. La Dame, voyant que les
cris ne lui serviraient à rien, se mit à
pleurer, à se plaindre vivement de Donna
Barbara, qu'elle accusait de déloyauté et
de trahison. Le jeune homme la consolait
de son mieux et ne lui ménageait pas les

paroles d'amour ; il lui disait d'avoir
l'esprit en paix, qu'il voulait seulement
coucher amoureusement avec elle et
qu'elle ne sortirait pas de ses mains avant
qu'il eût mené ses projets à bonne fin,
qu'il se fût vengé de l'atroce et épouvantable tour qu'elle lui avait joué au mépris
de toute convenance ; il ajoutait qu'il
userait de procédés bien différents et que
ce ne serait pas le fer qu'il emploierait.
Elle ne voulait pas s'apaiser, ni rien entendre ; en femme orgueilleuse, violente
et intrépide qu'elle était, elle enrageait
de colère et de dépit, et il n'y avait pas
moyen de la calmer. Elle pleurait à
chaudes larmes en se voyant, seule et
sans secours possible, au pouvoir de son
amant, et elle s'abandonnait au désespoir.
Pompeio, après l'avoir laissée pleurer et
se lamenter pendant assez longtemps,
la prit dans ses bras, la baisa malgré elle
à plusieurs reprises sur la bouche, sur les
seins, et se mit à lui rappeler le passé en
lui disant : « Chère Signora, vous savez
» pendant combien de temps j'ai été
» votre serviteur ; il n'y avait chose si

» difficile au monde que je n'eusse accom-
» plie pour l'amour de vous. Vous m'avez
» fait bien des fois bon visage et vous
» m'avez montré que mes assiduités vous
» étaient agréables. Comme je ne pouvais
» trouver ni un endroit ni un moment
» favorables pour vous exprimer mon
» ardent amour; comme j'étais, à cause
» de vous, privé de calme et de repos,
» et que j'avais perdu l'appétit, même le
» sommeil, je pris le parti de profiter
» d'une occasion que je croyais avoir
» trouvée, quand on me dit que votre
» mari était parti pour la campagne. Je
» vins ainsi vous trouver, tout trem-
» blant et tout brûlant d'amour. Vous
» devez vous rappeler comment vous
» m'avez traité et ce que vous avez fait,
» au mépris de toute convenance. Si, par
» hasard, votre caractère altier et or-
» gueilleux vous a fait sortir de l'esprit
» la peur épouvantable que vous m'avez
» causée en cette occasion, vous devez
» bien penser que je ne l'ai pas oubliée,
» moi; je l'ai toujours sur le cœur, et je me
» souviens que, sans avoir rien fait pour

» le mériter, j'ai couru, par votre volonté,
» risque de mort. Vous ne deviez pas en
» user de la sorte avec moi, sachant
» comme vous le saviez, combien je vous
» aimais ; si mon amour vous déplaisait,
» vous pouviez me donner honnêtement
» congé, j'aurais porté mes vues ailleurs.
» Maintenant j'entends prendre de vous
» telle vengeance qui me conviendra ; je
» savais que vous ne seriez pas venue
» chez moi de votre plein gré, je me suis
» ingénié à vous y amener par ruse ;
» vous y êtes, et vous ferez aussi bien de
» me donner ce que vous ne pouvez pas
» me refuser. »

A la fin, après une longue lutte, elle
fut obligée de se déshabiller et de se
mettre au lit avec son amant. Ils se
prirent plus d'une fois à bras le corps et
elle eut toujours le dessous ; Pompeio
goûta donc enfin avec elle ce plaisir
d'amour qu'il avait si ardemment désiré.
Quand le jeu fut terminé, Pompeio ouvrit une des portes de la chambre et fit
entrer la Dame dans une autre pièce très-
richement décorée, où il y avait un lit

qui aurait été digne du plus grand Seigneur. Il était garni de quatre matelas
de ouate et de draps d'une extrême finesse,
tout brodés de soie et d'or, avec une
couverture, de satin cramoisi, entièrement brodée de fils d'or, et fran-
gée de soie cramoisie, richement mé-
langée d'or. Les quatre oreillers étaient
d'un merveilleux travail. Des rideaux
de brocart d'or, à bandes cramoisies,
d'étoffes précieuses, entouraient ce lit
magnifique. La chambre était toute ten-
due de velours cramoisi, artistement
brodé, en guise de tapisseries ; il y avait
au milieu une belle table couverte d'un
tapis de soie d'Alexandrie. On y voyait
encore huit superbes coffres sculptés,
placés tout autour de la chambre, et
quatre fauteuils de velours cramoisi.
Plusieurs tableaux de la main de Maître
Léonard Vinci ornaient admirablement
cette pièce. Cependant, Donna Barbara
avait fait venir environ vingt-cinq gentilshommes, des premiers de la ville. Prévenu de cela, Pompeio, qui déjà avait fait
coucher Elconora dans le beau lit, après

lui avoir couvert le visage d'un voile
très-riche, et parfumé la chambre de
bois d'aloès, d'essences de Chypre,
d'un peu de musc et d'autres odeurs,
écarta les rideaux du lit, en recomman-
dant à la Dame de ne pas faire un mouvement, quoi qu'elle entendît. Puis, richement vêtu, l'air joyeux, il entra dans la
salle où étaient les gentilshommes et
leur fit un gracieux accueil. Tout le monde
le vit avec un extrême étonnement, parce
que chacun le croyait très-gravement
malade. Il n'eut pas de peine à deviner
la surprise générale, et il prit la parole
en ces termes : « Messeigneurs, mes
» amis, je crois que vous devez être tous
» fort étonnés en me voyant ici bien
» portant, quand vous me croyiez grave-
» ment malade. Il est vrai que j'ai été
» très-mal et en péril de mourir, mais
» j'ai pris aujourd'hui un remède salu-
» taire qui, comme vous voyez, m'a
» guéri. Je sais que vous étiez tous fâchés
» de ma maladie, j'ai voulu vous faire
» plaisir en me montrant à vous. Je veux
» aussi vous faire voir ce remède salu-

» taire qui m'a rendu la santé, mais c'est
» à condition que vous m'engagiez votre
» foi de ne pas bouger, quoi qu'il arrive. »
Cela dit, il les introduisit dans la chambre.
Ils crurent entrer en un Paradis, tant
l'endroit était beau, et exhalait une odeur
suave. La Dame, qui entendit tout ce
monde et qui peut-être reconnut à la
voix quelqu'un de ses parents ou de ses
amis, demeura toute tremblante, ne sachant ce que Pompeio voulait faire.

Après qu'on se fut extasié sur la belle
décoration de la chambre, chacun désira
voir la personne couchée dans le lit ;
Pompeio dit alors : « Dans ce lit, Mes-
» seigneurs, est le précieux et salutaire
» remède qui aujourd'hui m'a guéri ; je
» vais vous le faire voir, morceau par
» morceau. » Après avoir ainsi parlé, il
ajouta qu'il ne fallait pas découvrir le
visage ; puis, avec l'aide d'un de ses serviteurs, il ôta doucement la couverture
du lit, de sorte que la Dame ne resta
plus couverte que d'un drap très-fin, qui
ne cachait entièrement aucune des parties de son corps délicat et souple. Pom-

peio leva un peu ce drap et découvrit
deux petits pieds un peu longs et d'une
blancheur éclatante, dont les doigts me-
nus et fins paraissaient de pur ivoire,
avec des ongles semblables à des perles ;
il ne tarda guère à découvrir presque
toutes les cuisses. La Dame demeurait
étendue ; à la vue de ses jambes et de
ses cuisses délicates, ceux qui regardaient
sentirent s'éveiller en eux quelque chose
qui dormait. Pompeio leur demanda ce
qu'ils pensaient d'un semblable remède.
Tous en firent l'éloge le plus pompeux,
chacun voulait le savourer. Alors, Pompeio, après avoir caché avec un morceau
de drap ce qui est entre les cuisses,
découvrit toute la poitrine jusqu'à la
gorge : délicieux spectacle pour les assistants, car le corps était admirable de
proportions et la poitrine une merveille
de beauté. Tout le monde regardait avec
ravissement cette gorge blanche et ferme,
les deux seins ronds et durs qui auraient
semblé d'albâtre, si le tremblement de
la Dame ne leur avait communiqué une
légère fluctuation qui faisait plaisir à

voir. Chacun s'attendait à contempler un visage angélique, quand Pompeio recouvrit d'un seul coup les membres découverts et reconduisit les gentilshommes dans la salle où Donna Barbara avait fait préparer les fruits que comportait la saison, avec des dragées et d'excellents vins. On parla de choses et d'autres, tout en buvant et en croquant des bonbons, puis chacun s'en alla où il lui plut.

Pendant qu'on mangeait les fruits, Donna Barbara entra dans la chambre où était Eleonora, encore au lit, et lui dit : — « Madame, mon frère vous a rendu » pain pour fouace. » Eleonora, pleurant et se plaignant amèrement de la trahison de Barbara, demanda qu'on lui fît apporter ses effets. Pompeio survint alors et lui dit en la saluant : — « Madame, » nous sommes quittes ; cependant la » raison veut que ce soit vous qui ayez » tort. » Il lui en dit tant qu'il finit par la calmer. Elle avait éprouvé déjà que les embrassements de son amant avaient bien plus de saveur que ceux de son mari ; elle renonça tout à fait à sa colère, et s'arrangea de telle façon, qu'ils jouirent longtemps ensemble des délices d'amour. Elle ne se moqua plus de personne et devint très-gentille et très-aimable. Que cela vous apprenne, mes chères Dames, à ne pas vous moquer d'autrui, si vous ne voulez pas qu'on se moque de vous et que la vengeance soit peut-être pire que l'offense.

LE BANDELLO

A L'ILLUSTRISSIME ET EXCELLENTISSIME SIGNORA

ISABELLE D'ESTE

MARQUISE DE MANTOUE

LUS *d'une fois, Madame, depuis la mort pitoyable de la Comtesse de Cellant, je me suis souvenu de ce que vous me disiez, il n'y a pas longtemps, dans votre charmante maison de plaisance, alors que la Comtesse était femme, en premières noces, de notre ami Ermès Visconti (Dieu veuille l'avoir reçu dans sa gloire !). Son mari passait pour en être jaloux, ce dont tout le monde le blâmait à Milan. Il ne lui permettait guère de fréquenter d'autre maison que*

*celle de la Signora Ippolita Sforza e
Bentivoglia, où je la voyais souvent et
causais familièrement avec elle. Elle
était toute jeune encore, je me le rappelle,
et fort désireuse, comme le sont les
jeunes femmes, d'aller aux fêtes avec la
liberté dont jouissent les dames Milanai-
ses ; elle pria la Signora Ippolita de
décider son mari à la laisser aller à
quelque endroit où elle était invitée. La
Signora Ippolita transmit cette demande
au Signor Ermès en ma présence, un
jour que nous étions tous trois seuls à
causer ensemble. Ermès écouta la requête
qu'on lui faisait et répondit en souriant :
— « Je parlerai librement devant le Ban-
» dello, Madame, sachant qu'il est votre
» serviteur dévoué et mon ami. Vous me
» pardonnerez de ne pas laisser aller ma
» femme où elle veut, et si je ne lui donne
» pas autant de liberté qu'il est d'usage à
» Milan ; je connais le trot et le pas de
» mon bidet, et je sais qu'il ne faut pas
» lui laisser la bride sur le cou. Je vous
» prie en grace de ne plus parler de
» cela : excepté dans cette maison, où elle*

» peut toujours venir de jour et de nuit,
» quand vous y êtes, j'entends qu'elle
» n'aille nulle part. » Quand il fut parti,
nous nous demandâmes longtemps, la
Signora Ippolita et moi, ce que voulaient
dire ces paroles, mais nous ne savions
pas, en vérité, à quelle cause les attribuer. Aujourd'hui, la triste fin qu'a faite
cette infortunée et la vie qu'elle a menée
après la mort d'Ermès, ont désabusé tous
ceux qui prenaient son mari pour un
jaloux. C'était un homme prudent, sachant bien ce qu'il faisait et connaissant,
comme il le disait, le trot de sa haquenée.
Oui, quoique tout jeune, Ermès était fort
sage et fort prudent ; tout le temps de sa
vie, il dirigea sa femme de façon à la
faire passer pour une des plus honnêtes
et des mieux élevées de Milan. Cependant il s'est, selon moi, trompé en un
point : c'est qu'étant, comme on le sait,
un des premiers gentilshommes de cette
ville, aussi noble que riche, il devait
prendre pour femme une damoiselle noble, bien née, ayant reçu dans sa famille
de bons exemples, et non pas en choisir

une dont le sang était si inférieur au sien, et se laisser attirer seulement par l'appât d'une grande fortune, acquise dans l'usure. Ceux qui veulent élever une belle race de chevaux recherchent des juments d'un sang pur, produites par de bonnes et nobles cavales. De même, ceux qui aiment la chasse ne veulent pas de chiens (qu'il s'agisse de chiens d'arrêt ou de chiens courants) qui ne soient de bonne race; ils s'enquièrent avec tout le soin possible du père et de la mère; et, si par malheur une de leurs chiennes est couverte par un chien de mauvaise race, ils jettent à l'eau tous les petits. Que dirai-je encore? Si un homme veut acheter du drap ou des souliers, il s'assure qu'ils sont faits avec de bonne laine ou de bon cuir. Et pour prendre femme, on ne s'occupe aujourd'hui que de l'argent! Cependant on devrait mettre à cela plus de soin qu'à tout le reste, s'informer avec plus de sollicitude de ce que sont le père et la mère. Je ne veux pas nommer ici un des premiers feudataires de Lombardie

qui, pour se concilier la faveur du Duc
Galéaz, prit pour femme la fille d'un de
ses Capitaines, qui était folle à lier. Le
résultat, c'est que tous les fils qu'il en
eut, tout princes et riches qu'ils étaient,
furent des fous, commirent les plus
énormes sottises du monde, et amenèrent
probablement la ruine de cette famille.
Nous échangions, dernièrement, nos
idées à ce sujet, avec Antonio Sabino,
homme lettré et fort expérimenté, gouverneur des Comtes Bolognini, fils du
Comte Matteo Attendulo et de la Signora
Agnese de Correggio, Seigneurs de
S. Angelo; il s'étendit longuement sur
cette question, énuméra, au grand plaisir de ses auditeurs, toutes les qualités
qu'on doit rechercher dans une jeune
fille à marier, et conclut, en appuyant
son avis d'excellentes raisons, que la dot
devait être la dernière chose à considérer. Puis, la conversation étant venue
à tomber sur le cas particulier de la
Signora Bianca Maria, je le priai, d'autant que j'étais en Romagne au moment
de sa fin, de vouloir bien me raconter

*l'histoire de ses malheureuses amours et
de sa mort. Comme il se prête volontiers à
ce qui peut faire plaisir à ses amis, il me
narra tout fort exactement, je crois. J'ai
écrit son récit, pour l'insérer dans mes
Nouvelles, afin que, plus tard, on puisse
l'y trouver, et j'ai voulu le faire précéder de votre nom en vous le dé-
diant. Je vous l'envoie donc (mon illustrissime et chère Dame), en vous priant
très-humblement de ne pas vous fâcher
parce que je me prévaux, pour une chose
de si peu d'importance, de votre glorieux
et illustre nom. Notre excellent Messer
Mario pourra vous en faire la lecture,
quand vous y serez disposée. Que Dieu,
Notre-Seigneur, vous conserve !*

LA COMTESSE DE CELLANT

fait assassiner le Comte de Masino et elle a la tête tranchée.

❧❧❧

NOUVELLE IV

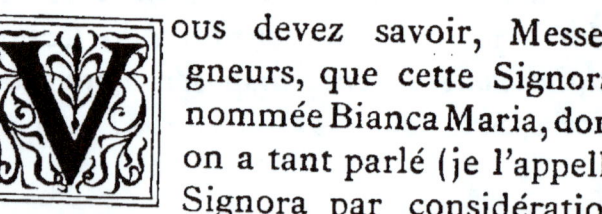Vous devez savoir, Messeigneurs, que cette Signora, nommée Bianca Maria, dont on a tant parlé (je l'appelle Signora par considération pour les deux maris qu'elle a eus), sortait de basse extraction et appartenait à une famille peu estimée; son père était Giacomo Scappardone, homme de roture, de Casal, en Montferrat. Ce Giacomo, ayant fait argent de tout ce qu'il possédait, se mit à pratiquer publiquement l'usure

et à si gros intérêts qu'à ce métier, commencé dès son jeune âge, il devint assez
riche pour acheter de grands domaines ;
puis continuant toujours de prêter et de
faire peu de dépenses, il finit par acquérir une immense fortune. Il prit pour
femme une jeune Grecque, venue de
Grèce avec la mère du Marquis Guglielmo, père de la duchesse de Mantoue.
La femme de Giacomo était belle et
agréable, mais il existait une grande différence d'âge entre elle et son mari,
vieux déjà quand elle avait à peine vingt
ans. Ils n'eurent qu'une fille ; ce fut cette
Bianca Maria, dont je vous ai parlé tout
à l'heure. Le père mourut, et cette enfant, toute petite encore, resta sous la
tutelle de sa mère avec des biens au
soleil pour plus de cent mille ducats.
Bianca Maria était fort jolie, mais encore
plus vive et coquette. Quand elle eut
quinze ou seize ans, le Signor Ermès
Visconti, fils de ce vénérable patricien,
le Signor Battista, la prit pour femme
et la conduisit à Milan avec une pompe
solennelle et un appareil superbe.

Avant qu'elle n'entrât dans sa maison, le Signor Francesco, frère aîné d'Ermès, lui fit don d'un carrosse magnifique, tout ciselé et incrusté d'or, garni de brocart d'un riche dessin, très-orné, couvert de superbes broderies. Quatre chevaux blancs comme l'hermine et d'un très-grand prix conduisaient ce carrosse, dans lequel la Signora Bianca Maria fit à Milan une entrée triomphale. Elle vécut avec Ermès pendant six ans environ. Quand il fut mort, elle retourna à Casal en Montferrat, et s'y trouvant riche et libre, elle se mit à vivre gaiement et à se faire faire la cour par tout le monde. Beaucoup d'hommes la courtisaient assidûment et voulaient la prendre pour femme; les principaux étaient le Signor Gismondo Gonzaga, fils du Signor Giovanni, et le Comte de Cellant, Baron de Savoie, dont le domaine est situé dans la vallée d'Aoste et qui a dans ce pays de nombreux châteaux et de gros revenus. La Marquise de Montferrat, afin d'être agréable à son gendre, le Seigneur de

Mantoue, faisait tout ce qu'elle pouvait pour donner Bianca Maria à Gismondo, et le mariage était presque décidé. Mais le Comte de Cellant sut si bien s'y prendre, il fut si pressant, que tous deux se marièrent en secret et consommèrent le mariage. Cela déplut souverainement à la Marquise de Casal, et elle était bien tentée d'en faire à Bianca Maria quelque vif reproche ; mais, par égard pour le Comte, elle dissimula sa colère et n'en laissa rien paraître. Le mariage fut donc rendu public et les noces célébrées sous de tristes auspices, comme on va le voir. Ce qui arriva ensuite prouve bien la vérité du proverbe en usage chez nous : *Quand on se prend par amour, on se quitte de rage.* Ils n'avaient pas vécu longtemps ensemble, que la discorde se mit entre eux et d'une fière façon, quelle qu'en fût la cause ; la Comtesse quitta furtivement son époux et se retira à Pavie ; elle y loua un riche et agréable palais où elle mena en toute liberté une vie scandaleuse.

Il y avait à cette époque au service de

l'Empereur un certain Ardizzino Val-
perga, Comte de Masino ; Carlo son frère
y était aussi. Ardizzino se trouvait par
hasard à Pavie, il vit Bianca Maria et en
devint amoureux. Tout le jour, il se tenait
dans sa maison, se faisait son serviteur
et ne négligeait rien pour en venir à ses
fins. Quoique un peu boiteux d'une
jambe, le Comte était un beau jeune
homme, de haute mine ; en peu de
jours il se rendit maître de la Dame,
et pendant plus d'un an, il se donna
avec elle le meilleur temps du monde,
si publiquement, qu'on en faisait des
chansons non-seulement dans la ville de
Pavie, mais encore dans toute la contrée.
Il advint alors que Roberto Sanseverino,
Comte de Gaiazzo, jeune et de belle
tournure, arriva à Pavie. Bianca Maria
jeta les yeux sur lui : elle le jugea meilleur et plus vigoureux ouvrier que son
amant, dont elle avait assez peut-être,
et forma le projet de le prendre pour serviteur. Elle commença par faire mauvais
visage au Signor Ardizzino ; puis,
comme elle ne voulait plus lui donner

accès auprès d'elle, ils en vinrent à échanger des paroles désagréables. La jeune femme, plus hautaine que de raison et ne pensant plus à ce qu'ils avaient fait ensemble, se mit à lui chercher pouille, l'appelant boiteux, courte-cuisse ; elle lui dit encore bien d'autres paroles inju-rieuses. Lui, qui n'aimait pas porter le paquet en croupe, finit par lâcher la bride à sa colère et lui jeta de la catin, de la bagasse, de la coureuse, par la figure, si bien que l'amour dont ils brûlaient l'un pour l'autre se changea des deux parts en haine furieuse. Ardizzino quitta Pavie, et partout où il passait, quand il était question de Bianca Maria, il en parlait en termes dont on pourrait se servir pour une femme de bordel. La Comtesse, à qui on répétait souvent les vilains propos de son ancien amant, fit si bien avec le Comte de Gaiazzo, qu'elle finit par se rendre et se livrer à lui. Quand elle crut s'en être assez emparée pour pouvoir en disposer à sa discrétion, elle profita d'un jour où ils se livraient ensemble aux plaisirs de l'amour, et, le

voyant s'exténuer pour elle, lui demanda
comme une faveur à laquelle elle attachait
le plus grand prix, de vouloir bien faire
tuer Ardizzino, qui ne faisait pas autre
chose que dire du mal d'elle. Le Comte
fut bien étonné d'une semblable proposition ; cependant, il lui répondit qu'il le
ferait volontiers, et bien davantage encore pour lui être agréable, et que d'ailleurs   il   serait   toujours   prêt   à   la
servir.   D'un   autre   côté,   comme   il
connaissait la méchanceté de la Dame,
que de plus Ardizzino était un galant
homme, son ami, et qu'il n'en avait jamais
reçu la moindre offense, il résolut de ne
lui nuire en rien ; il lui semblait au
contraire qu'Ardizzino aurait peut-être
eu quelque bonne raison de se plaindre
de lui pour l'avoir supplanté (sans le
savoir, il est vrai) dans les bonnes graces
de Bianca Maria. Le Comte ne songea donc
qu'à se donner du bon temps avec sa
maîtresse, et cela dura quelques mois.

Mais Bianca Maria s'aperçut qu'Ardizzino était venu à Pavie deux ou trois
fois, sans que le Comte l'eût assailli ou

seulement cherché à le faire tuer ; que
même il lui avait fait bon accueil et avait
plusieurs fois mangé en sa compagnie ;
elle résolut de rompre encore cette liaison.
Pour cela, sur n'importe quel prétexte,
elle commença par faire semblant d'être
malade, et ne se laissa plus voir par le
Comte, donnant tantôt une excuse, tantôt
une autre ; la meilleure était que son
mari, le Comte de Cellant, lui avait envoyé des messagers pour se réconcilier
avec elle, et qu'elle se sentait disposée à
faire tout ce qu'il faudrait pour retourner
avec lui. Pour ce motif, elle priait Gaiazzo de ne plus chercher à la voir, afin
que les envoyés de son mari présents à
Pavie, pussent faire sur sa conduite de
bons rapports. Le Comte de Gaiazzo
(qu'il crût ou non cette fable) fit mine
d'y ajouter foi ; il se retira sans souffler
mot et renonça tout à fait à cette liaison
amoureuse ; pour n'avoir pas la tentation
d'y revenir, il partit de Pavie et s'en fut
à Milan. Bianca Maria, voyant le Comte
parti, se souvint qu'elle avait eu bien
plus de puissance sur Ardizzino, qui

l'aimait à la folie ; sa haine devint de l'amour, peut-être serait-il mieux de dire qu'elle changea d'objet. Bien décidée à revenir à sa première passion, elle trouva moyen de faire parler à Ardizzino, de s'excuser, de lui faire entendre qu'elle était toute à lui, et pour jamais, s'il ne refusait point, à condition qu'il en agirait de même avec elle, et se mettrait en tout et pour tout à sa disposition, comme elle entendait bien lui appartenir à jamais. Les choses se passèrent de telle sorte qu'Ardizzino rentra en danse et reprit pour la seconde fois possession des charmes de Bianca Maria ; continuellement, de jour et de nuit, il était avec elle.

Il y avait fort longtemps qu'ils vivaient ensemble, quand la Dame se mit en tête de faire tuer le Comte de Gaiazzo. Si on lui avait demandé pourquoi, je crois bien qu'elle n'aurait su que répondre, sinon qu'étant femme de peu de cervelle, à qui un crime abominable paraissait chose toute simple, elle voulait satisfaire ainsi ses appétits désordonnés et dépravés.

Se laissant ainsi gouverner ou plutôt éperonner par eux, sans ombre de raison, elle se procura à elle et à d'autres une fin misérable, comme vous le verrez dans la suite de cette histoire. Quand elle eut bien arrêté son beau projet, tellement qu'il ne lui semblait plus possible de vivre contente tant que le Comte de Gaiazzo serait de ce monde, elle ne trouva pas d'autre moyen d'arriver à ses fins que d'amener Ardizzino à se faire l'exécuteur de ses hautes œuvres. Une nuit qu'ils étaient ensemble au lit et qu'ils se lutinaient amoureusement, elle lui dit : « Il » y a bien longtemps, mon cher ami, » que j'ai envie de vous demander une » faveur; ne me la refusez pas, je vous » en prie. — Je suis, » répondit l'amant, « prêt à faire tout ce que vous me com- » manderez, si difficile que ce soit, » pourvu qu'il soit en mon pouvoir de » mener l'entreprise à bonne fin. — Dites » moi, » ajouta-t-elle, « le Comte de » Gaiazzo est-il votre ami ? — Certaine- » ment, » répliqua Ardizzino, « je crois » qu'il est mon ami, véritablement; pour

» moi, je l'aime comme un frère, je sais
» bien qu'il me le rend et qu'il me
» ferait plaisir tant qu'il le pourrait,
» comme je le ferais pour lui; mais
» pourquoi me demandez-vous cela ? —
» Je vais vous le dire, » reprit la
Dame, et elle ajouta après lui avoir
donné une demi-douzaine et plus de
tendres baisers : « Vous êtes une bonne
» dupe, ma vie, et je suis bien sûre, moi,
» que vous n'avez pas au monde de plus
» grand ennemi que lui. Écoutez com-
» ment je le sais, et vous ne croirez pas
» que je me l'imagine à tort. Quand il
» était mon amant, nous en vînmes une
» fois à parler de vous; il me jura qu'il
» ne serait jamais heureux tant qu'il ne
» vous aurait pas fait planter entre les
» côtes un poignard empoisonné, et qu'il
» espérait bien vous jouer avant peu un
» si bon tour, que vous perdriez pour
» toujours le goût du pain. Il m'a tenu
» sur votre compte bien d'autres mauvais
» propos, mais il n'a jamais voulu me
» dire ce qui vous a valu sa haine, quoi-
» que je l'en aie prié bien affectueuse-

» ment. Malgré que je fusse alors brouillée
» avec vous, je ne laissai pas de chercher
» à le faire renoncer à ses funestes projets.
» Il me répondit durement qu'il était
» décidé à y donner suite et que j'eusse
» à lui parler d'autre chose. Prenez donc
» garde à lui, vous êtes averti, pensez à
» votre sécurité. Mais si vous vouliez
» m'en croire, je vous donnerais bien le
» moyen de vous mettre à l'abri de ses
» fanfaronnades et de lui. Je prendrais les
» devants, et je lui ferais ce qu'il cherche
» à vous faire. Vous avez bien le moyen
» de vous débarrasser de lui; tout le
» monde vous en félicitera et vous en
» estimera davantage. Croyez-moi, si vous
» ne commencez pas, il ne s'endormira
» pas, lui, et un beau jour que vous n'y
» penserez guère, il vous fera assassiner.
» Suivez mon avis, faites-le tuer le plus
» tôt que vous pourrez; outre que vous
» remplirez ainsi le devoir d'un galant
» homme en protégeant votre vie, qui
» doit vous être très-précieuse, vous me
» férez encore à moi un des plaisirs les
» plus vifs que je sois capable de ressentir

» en ce moment. Si vous ne voulez pas
» agir pour votre compte, faites-le pour
» l'amour de moi ; vous me donneriez
» une ville entière, que vous ne me feriez
» pas une joie pareille à celle que j'éprou-
» verai en voyant mort cet homme à
» langue de vipère ; si vous m'aimez,
» comme je crois que vous m'aimez, vous
» retrancherez du monde des vivants cet
» orgueilleux, cet arrogant, qui ne fait
» cas ni de Dieu ni des hommes. »

La Dame aurait bien pu persuader à
Ardizzino que toute cette histoire était
vraie, si elle n'avait pas fini par montrer la haine qu'elle éprouvait ; aussi
ce dernier la jugea-t-il entraînée par
les mauvais sentiments qu'elle avait
pour le Comte et non point par l'intérêt
qu'elle lui portait, à lui ; il tint donc
pour certain que le Comte n'avait jamais
tenu les propos qu'elle lui prêtait. Il n'en
témoigna pas moins qu'il attachait beaucoup de prix à ses conseils, l'en remercia à plusieurs reprises, et lui promit d'en faire son profit. Mais, bien
loin de les vouloir suivre, il ne pensait

qu'à se rendre à Milan pour conférer avec le Comte ; ce qu'il fit. Dès qu'il en trouva l'occasion, il alla le voir à Milan, et lui rapporta de point en point tout ce que la Dame lui avait dit. Le Comte fit le signe de la croix, au comble de l'étonnement, et s'écria : « Ah ! » l'éhontée putain ! si ce n'était pour » un galant homme un déshonneur de » tremper ses mains dans le sang d'une » femme, et surtout d'une drôlesse » comme celle-ci, je lui arracherais la » langue du fond du gosier, mais avant, » je voudrais qu'elle confessât combien » de fois elle m'a supplié, les mains » jointes, de vous faire assassiner. » Ils se découvrirent ainsi l'un à l'autre les roueries de cette abominable femme et connurent toute sa méchanceté. Aussi ne se firent-ils pas faute d'en dire tout ce que l'on peut dire d'une coquine et d'une drôlesse ; en public comme dans l'intimité, ils racontaient ses scélératesses, et ils la rendirent la fable de la ville.

En apprenant ce que disaient d'elle ses anciens amants, quoiqu'elle fît mine de ne s'en pas soucier, elle enragea de colère et ne pensa plus qu'à se venger d'une façon éclatante. Elle vint quelque temps après à Milan, loua la maison de la signora Daria Boëta, et s'y installa. Don Pietro di Cardona, Sicilien, se trouvait alors dans cette ville, et commandait la compagnie de Don Artale, son frère légitime; pour lui, il était le bâtard du comte de Collisano, tué au combat de la Bicoque. Ce Don Pietro était un jeune homme de vingt-deux ans, brun de figure, mais bien proportionné, et d'aspect mélancolique : il vit un jour Bianca Maria et s'en éprit follement. Dès qu'elle le connut, elle le jugea : c'était un jeune pigeon à son premier duvet, fort propre à lui servir d'instrument pour ce qu'elle désirait; elle lui fit bon visage et l'encouragea de façon à le prendre dans ses filets et à lui faire perdre la tête. Lui, qui n'avait jamais aimé une dame de qualité, la prit pour une des plus huppées de Milan, et se mit à dépérir d'amour. A la fin, elle le fit une nuit coucher avec

elle, lui donna toute sorte de témoi-
gnages d'amour, eut l'air d'en être folle,
lui fit tant de caresses, et se prêta de si
bonne grace à tous ses désirs, qu'il se
crut l'amant le plus heureux qu'il y eût
au monde. Il ne pensait plus qu'à elle;
elle en fit ainsi son esclave, et, bientôt,
revenant à son idée favorite, elle lui demanda, comme une précieuse faveur, de
vouloir bien tuer le Comte de Gaiazzo et
le signor Ardizzino. Don Pietro, qui ne
voyait que par les yeux de sa bien-aimée,
s'y engagea formellement et prit aussitôt
ses mesures.

Ardizzino se trouvait alors à Milan ;
Pietro décida de commencer par lui,
puisque le Comte de Gaiazzo était absent, le fit suivre et apprit que tel soir il
soupait hors de chez lui. C'était l'hiver,
saison où l'on soupe tard ; il prit vingt-
cinq de ses hommes d'armes, armés de
pied en cap, et attendit le retour d'Ardizzino. Vous vous rappelez qu'il y avait
autrefois une ruelle par où l'on allait, à
main gauche, de la rue des Maravegli au
Cours de San Giacomo. Sachant qu'Ar-

dizzino était forcé d'y passer, Don Pietro
s'embusqua avec sa troupe dans une petite maison voisine, et, quand il apprit
par la sentinelle qu'Ardizzino arrivait
avec son frère Carlo, il disposa ses
hommes de manière à barrer le chemin;
les deux jeunes gens tombèrent au milieu d'eux. On en vint tout de suite
aux mains. Mais que pouvaient deux
jeunes hommes avec huit ou neuf serviteurs, n'ayant que leurs épées, contre
tant de soldats bien armés qui les attendaient la lame à la main? La mêlée
fut courte, les deux pauvres frères y
périrent, et, avec eux, presque tous leurs
serviteurs.

Le Duc de Bourbon, qui venait de
s'enfuir du royaume de France et qui
tenait alors Milan au nom de l'Empereur, fit, cette nuit-là même, arrêter et
mettre en prison Don Pietro, qui avoua
avoir agi d'après l'ordre de sa dame,
Bianca Maria. Quand celle-ci sut que
Don Pietro était pris, elle avait encore
le temps de fuir; elle resta, je ne sais
pourquoi, Le Duc de Bourbon, après

avoir entendu la confession de Don
Pietro, fit aussi arrêter la femme, qui,
sotte comme elle l'était, apporta avec
elle un coffre où il y avait quinze
mille écus d'or, espérant s'échapper de
la prison à l'aide de quelque artifice.
On prêta les mains à l'évasion de Don
Pietro, qui s'enfuit, mais la misérable
jeune femme, après avoir confirmé de
sa propre bouche la confession de son
amant, fut condamnée à avoir la tête
tranchée. On lui lut sa sentence ; elle
ne savait pas que Don Pietro avait
pris la clé des champs, et elle ne pouvait pas se décider à mourir. A la fin,
on la mena sur l'esplanade du Château,
du côté de la Place d'Armes ; à l'aspect
du billot, elle se mit à pleurer et à dés-
espérer ; elle demandait en grace qu'on
lui laissât voir son cher Pietro, si on
voulait qu'elle mourût satisfaite, mais
c'était parler à des sourds ; la malheureuse fut décapitée. Voilà quelle fin lui
attirèrent ses appétits désordonnés ; et
qui serait curieux de voir son portrait,
peint fort ressemblant, n'a qu'à aller

dans l'église du Monistero Maggiore :
il l'y trouvera représentée (1).

(1) Ce tableau existe encore; on le montre dans la
chapelle de l'ancien couvent de San Maurizio ou
Monasterio Maggiore de Milan, transformé en
école communale. C'est une fresque de Bernardino
Luini, représentant la *Décollation de Sainte
Catherine*; le visage de la Sainte passe pour offrir
e portrait exact de la Comtesse de Cellant.

LE BANDELLO

A VAILLANT SEIGNEUR

LE SIGNOR FRANCESCO ACQUAVIVA

MARQUIS DE BETONTO

*son retour de Bari, notre ami Giacomo Maria Stampa m'apporta une lettre de vous. Je n'ai pas besoin de vous dire si elle m'a été précieuse, à vous qui savez combien je vous honorais et révérais, quand vous étiez ici à Milan. Vous devez encore vous rappeler ce qu'au moment de votre départ, dans la maison de votre très-gracieux beau-frère le Chevalier Alfonso Visconti, vous me disiez en présence de sa femme,*

l'aimable Signora Antonia Gonzaga, et ce que je vous ai répondu. Vous ne pouvez donc pas douter que je ne me souvienne éternellement de vous et que vos lettres ne me soient en tout lieu et en tout temps bien chères. Toutes les commissions que vous m'avez données ont été faites ponctuellement. Il me reste seulement à vous envoyer cette Nouvelle que raconta autrefois en votre présence, dans la maison de la très-illustre Signora Camilla Scarampa, le Signor Antonio Bologna, alors que vous étiez venu, vous et beaucoup d'autres nobles et gentilshommes, pour entendre chanter la belle et vertueuse fille de cette même Signora Camilla. On la nommait alors Antonia, on la nomme maintenant sœur Angela Maria, depuis qu'elle est entrée en religion à Gênes, et, en vérité, le nom qu'elle porte actuellement convient mieux à sa vertu et à ses rares beautés que son nom d'autrefois, car quiconque la voit et l'entend chanter croit voir et entendre un ange du ciel. Pour en revenir à ma Nouvelle, je l'ai écrite, comme vous me

*l'avez recommandé, à la grosse et sans
aucun ornement. Puisque vous me la
demandez, j'y ai mis la dernière main
et je vous l'ai dédiée, afin qu'elle ait un
protecteur. Celui qui vous l'apportera
sera un serviteur de votre beau-frère, le
Chevalier Visconti, qui vous est envoyé
pour vous amener des chevaux. Cette
Nouvelle montre clairement que, lorsqu'une Dame est décidée à tromper son
mari, elle finit par y arriver et par
le mettre dedans, eût-il les cent yeux
d'Argus et plus encore. Elle montre
encore que les maris doivent bien traiter leurs femmes, et ne pas leur donner
l'occasion de mal faire en devenant
jaloux sans motif; quiconque y regar-
dera de près comprendra que la plupart des Dames qui ont envoyé leurs
maris à Corneto, y ont été poussées par
eux, et qu'il est très-rare de voir des
femmes, bien traitées de leurs maris
et jouissant d'une honnête liberté, ne
pas vivre comme il convient à celles
qui ont quelque souci de leur honneur.
Il n'en est pas moins vrai qu'il n'est*

jamais permis à une Dame de trom-
per son mari, quànd mème elle aurait
reçu de lui mille outrages. Portez-vous
bien.

BINDOCCIA

*berne adroitement son mari qui était
devenu jaloux.*

NOUVELLE V

PRÈS qu'Alphonse le Magna-
nime, roi d'Aragon, sorti
de prison grace à la générosité sans borne de Fi-
lippo Visconti, eut conquis
le royaume de Naples, Angravalle, Chevalier Napolitain, qui avait longtemps
fait la guerre sous ses ordres et s'y était
enrichi, se mit à aimer passionnément
une jeune fille fort belle, appelée Bindoccia. Elle était fille du signor Marino
Minutolo, et, comme elle était d'une

grande beauté, beaucoup de nobles et de
Barons la courtisaient ; mais elle ne se
souciait de personne, et, aux ouvertures
qu'on lui faisait, elle répondait qu'elle
gardait sa virginité pour celui que son
père lui donnerait en mariage. Angravalle vit bien que s'il ne l'épousait pas,
quelque autre la prendrait ; il fit donc
demander sa main à son père, qui, après
avoir consulté quelques-uns de ses parents et de ses amis, consentit à la lui
donner. Angravalle, au comble de l'allé-
gresse, épousa solennellement Bindoccia,
et les noces se firent avec beaucoup
d'éclat. Il la mena ensuite dans sa maison et entra en possession de ce trésor
si ardemment convoité ; il l'avait abon-
damment pourvue de vêtements, de pierres précieuses, d'anneaux, de colliers, de
joyaux de toute sorte, et de plus il la
traitait si bien la nuit que peu de femmes pouvaient se dire aussi bien mariées
qu'elle.

Pendant deux années environ, Angravalle continua de se montrer avec elle
toujours aussi frais, aussi vigoureux ;

mais il ne songeait pas qu'il avait pris
la charge de donner sa pâture quoti-
dienne à un animal qu'on ne peut rassa-
sier de semblable nourriture : plus on
lui en fournit à souhait, plus il en désire,
plus il en veut, et si l'on s'avise ensuite
de lui rogner sa portion, on s'expose à
de grands scandales. Après deux ans
écoulés, soit qu'il eût pris sa femme en
dégoût, soit qu'il fût mal disposé de sa
personne, soit encore qu'il n'eût plus de
ouate dans le gilet et que, refroidi
comme il l'était, il sentît plus vivement le
besoin d'œufs frais et de malvoisie que
de donner la becquée à l'oie : quelle
qu'en fût la cause enfin, il se mit à tirer
durement sur la bride de son coursier,
naguère si ardent, et il en ralentit la
course à tel point, qu'au grand déplaisir
de Bindoccia, à peine courait-il par mois
deux ou trois postes au plus. Outre cela,
sachant que beaucoup de gens la sui-
vaient, il devint jaloux comme si, par
quelque vilaine action, elle lui avait
donné raison de l'être. D'abord, comme
il la voyait très-belle, il pensait que tout

le monde en était amoureux et qu'elle,
de son côté, ne décourageait personne ;
il savait bien aussi qu'il ne remplissait
plus au lit le devoir conjugal comme il en
avait eu l'habitude, et il en vint à croire
qu'elle trouvait d'autres jardiniers que
lui pour cultiver son jardin. Il commença
par lui enlever toutes ses femmes, qu'il
renvoya ; puis, donna encore congé à
tous les serviteurs de sa maison et n'en
garda qu'un seul auquel il se fiait ; c'était
un grossier personnage qui soignait la
mule et faisait la cuisine. Il prit ensuite
pour servante une sourde et muette, si
sotte qu'elle n'était bonne à rien ; il était
bien sûr ainsi qu'elle ne recevrait pas de
poulets et qu'elle n'en porterait pas. En
outre, il observait avec le plus grand
soin toutes les actions de Bindoccia,
et, pour enlever à quiconque l'occasion
de s'ébattre chez lui, il rompit toutes
les relations qu'il avait eues jusque-là
avec les gentilshommes du pays. Un
seul ami lui restait, le plus fidèle de
tous, jeune homme de vingt-deux ans,
appelé Niceno, avec lequel il passait la

plus grande partie de son temps. Ce jeune homme était cousin germain d'une cousine de sa femme; Angravalle l'avait mis à l'épreuve dans bien des circonstances, et il ne concevait aucun soupçon sur son compte, bien que Niceno vînt chez lui de jour et de nuit.

Bindoccia avait d'abord pensé, en voyant la diète que faisait son mari, qu'il était mal portant; elle ne s'en étonnait pas trop; mais quand elle vit renvoyer ses femmes, chasser ses serviteurs, quand la diète devint si rigoureuse qu'à peine la rompait-il une fois tous les deux mois, elle se mit de fort mauvaise humeur et ne sut plus que dire ni que faire. Elle crut que son mari était devenu amoureux d'une autre femme, à qui il donnait ce qui aurait dû lui revenir. Mais elle ne put jamais rien découvrir à ce sujet. Enfin, voyant que ses affaires allaient de mal en pis, que la jalousie de son mari ne faisait que croître, elle résolut (quoi qu'il pût arriver) de retourner contre Angravalle les armes qu'il employait contre elle. Elle espérait ainsi ou le ra-

mener à son devoir, ou se pourvoir d'un
amant, et, de toutes façons, y retrouver
son compte d'autrefois. Elle commença
donc, au grand déplaisir de son mari,
qui n'osait pas la maltraiter à cause de
son père et de ses frères, à se mettre à la
fenêtre et à faire bonne mine à tous
ceux qui la regardaient. Cela désespérait
le malheureux jaloux. Bindoccia se dit
bientôt qu'en se mettant à la recherche
d'un amant, elle pourrait causer quelque
scandale et mettre en péril sa vie et son
honneur ; elle jeta donc les yeux sur
Niceno, qui fréquentait continuellement
la maison ; il lui parut beau et spirituel,
de bonnes manières, d'habitudes distin-
guées, et elle ne fut pas longue à s'en-
flammer pour lui. Toutefois, le sachant
très-lié avec son mari, elle n'osait pas
lui découvrir les désirs qui la consu-
maient. Elle s'efforçait bien de lui faire
comprendre, par le langage de ses yeux
et par sa physionomie souriante, ce que
sa langue craignait de lui dévoiler ; mais
plus elle renfermait sa flamme en elle-
même, plus cette flamme augmentait

d'heure en heure et la dévorait misérablement. Enfin, après avoir bien réfléchi, elle se résolut à mettre dans sa
confidence Isabella Caracciola, sa cousine et celle de Niceno, à lui demander
aide et conseil.

Elle se rendit donc un jour, du con-
sentement d'Angravalle, à la maison de
cette dame, et, après qu'elle eût échangé
avec elle différents propos, voyant que
rien ne l'empêchait de commencer ses
confidences, Donna Bindoccia lui parla
en ces termes : « Nous avons été éle-
» vées ensemble depuis notre plus jeune
» âge, ma chère cousine, et je sais com-
» bien tu m'aimes ; cela me donne le
» courage de te confier franchement et
» sans aucune crainte mes chagrins et
» mes tourments. Aussi, laissant de côté
» toute autre considération, je viens te
» dire que je me trouve si malheureuse,
» si désespérée, que je ne sais pas com-
» ment je suis encore en vie. Écoute,
» pour Dieu, si j'ai d'être au déses-
» poir des raisons suffisantes. Comme
» tu le sais, j'ai été donnée en mariage à

» Angravalle, et je l'ai pris volontiers,
» bien que je fusse toute jeune et qu'il
» eût passé la quarantaine ; je n'y avais
» pas même pensé, et d'ailleurs personne
» ne me tenait au cœur. Quand il m'eut
» menée dans sa maison, il se montra
» si tendre et me traita si bien (j'en-
» tends toutes les nuits), qu'il pouvait
» sans doute y avoir le matin à la messe
» des femmes plus belles et plus élé-
» gantes que moi, mais aucune de mieux
» pourvue ; cela dura deux ans. Depuis,
» sans que je lui aie donné de motifs,
» il a tout à fait changé de style ; il me
» fait faire des jeûnes et des vigiles qui
» ne sont inscrits dans aucun calen-
» drier, et je te jure que, depuis trois
» mois et plus, il ne m'a pas touchée.
» D'un autre côté, au mépris de son
» devoir et sans raison, il est devenu ja-
» loux ; maintenant je le trouve non
» pas jaloux seulement, mais fou fu-
» rieux. Tu sais, je crois, comment est
» montée notre maison, comment nous
» sommes servis ; il y aurait à Naples
» pénurie complète de domestiques, on

» n'en trouverait à aucun compte, que
» nous ne pourrions pas être pis. Nous
» n'avons plus ni laquais, ni servantes,
» à l'exception de cette muette que voici,
» dont le visage aplati et renfrogné, avec
» ses deux grands yeux de bœuf, fe-
» rait mourir de frayeur quiconque, la
» nuit, à l'improviste, la verrait à la
» lumière, et de ce valet stupide, le plus
» désagréable du monde, mais auquel se
» fie Angravalle. Dans cette maison, où
» se tenait table ouverte pour les gens de
» bonne compagnie, personne ne vient
» plus que Niceno, qui est pour mon
» mari un autre lui-même. Mais je ne
» me soucierais guère que personne n'y
» vînt plus si, du reste, mon mari me
» traitait comme on doit traiter sa
» femme. Et que diable veut-il que je
» fasse de tant de vêtements que j'ai,
» des bijoux et des anneaux qu'il m'a
» donnés au commencement de mon
» mariage? Je ne puis pas aller aux
» églises, comme y vont les autres fem-
» mes de ma condition, car les jours de
» grandes fêtes, il veut que j'aille le matin

» de bonne heure entendre la première
» messe à notre paroisse, accompagnée
» de cette muette et sous la garde de ce
» vaurien de valet ; à peine est-elle finie,
» ordre de revenir à la maison. Voilà
» pourquoi je me suis décidée à changer
» de manière de vivre ; si mon mari se
» ménage, je veux me pourvoir au de-
» hors. C'est bien malgré moi, Dieu le
» sait, que je prends ce parti, mais le
» besoin me l'impose, et nécessité n'a
» pas de loi. Je n'ai pas encore vingt-
» trois ans, je passe pour belle, et il me
» semble, si mon bon miroir ne me
» trompe pas, que j'en vaux bien d'au-
» tres. Si je ne prends pas maintenant
» un peu de plaisir, quand donc en
» prendrai-je ? Attendrai-je que ma
» beauté soit flétrie par le temps ou par
» quelque maladie, que mes cheveux
» blonds prennent la couleur de l'ar-
» gent, que mes chairs blanches et déli-
» cates se rident, et que je ne trouve plus
» personne qui veuille de moi ? Ce se-
» rait de ma part une grande sottise de
» ne pas faire ce que font tant d'autres.

» Et combien y a-t-il de femmes qui,
» quoique bien traitées par leur mari,
» ont cependant en secret quelque
» amant! Dieu veuille donc que je ne
» devienne pas vieille sans avoir joui de
» ma jeunesse! Je suis de chair et d'os
» comme toutes les autres. Si Angra-
» valle voulait me tenir à ce régime de
» jeûne, il ne devait pas me mettre en
» goût au commencement par des re-
» pas si répétés, ni se prodiguer tant
» avec moi, s'il ne voulait pas conti-
» nuer. Qui n'a pas éprouvé le bien ne
» sait pas ce que c'est que le mal. Que
» mon fantasque époux me fasse garder
» tant qu'il voudra, qu'il emploie tous
» les moyens qu'il pourra imaginer, je
» suis déterminée à le traiter comme il le
» mérite et à lui donner ce qu'il cherche.
» Et, comme il a là plus grande con-
» fiance en Niceno, je voudrais que ce
» fût lui qui pourvût à mes besoins et
» me donnât ce dont son ami me laisse
» manquer. Parmi beaucoup d'autres
» que j'ai vus et examinés, j'ai fait choix
» de lui; je le crois un jeune homme

» sage, bien élevé, qui n'ira pas divul-
» guer nos affaires, et qui aura, comme
» il faut, soin de mon honneur. Et, en
» effet, je ne voudrais pas tomber aux
» mains de quelque mauvais drôle qui
» me compromettrait, qui me ferait des-
» cendre au rang d'une femme de rien,
» et montrer tout le jour au doigt. Il
» me semble, au contraire, que je puis
» attendre de Niceno tout le bonheur
» possible. Il n'y a qu'une difficulté :
» c'est que, le voyant lié si étroitement
» avec mon mari, je n'oserai jamais lui
» manifester mes désirs ; si par mal-
» heur il s'y montrait rebelle, j'en
» mourrais de honte. J'ai pensé que, si
» tu le voulais, tu la lèverais facilement,
» cette difficulté ; quand il viendra te
» voir (et il vient souvent), tu pourrais
» lui dire de la façon qui te semblera
» la meilleure, ce que je désire de lui,
» lui affirmer que je l'aime ardemment ;
» et, certes, j'éprouve pour lui le plus
» brûlant amour. Quand je saurai qu'il
» est disposé à m'aimer comme je l'aime,
» je m'arrangerai de façon que tout

» aille de mieux en mieux pour notre
» satisfaction, et je lui ferai connaître ce
» que j'aurai imaginé pour tromper An-
» gravalle et déjouer sa surveillance.
» Fais-moi donc cette grace, ma bien-
» aimée cousine, je t'en prie tendre-
» ment, je t'en supplie de toutes mes
» forces, ma prière en vaut mille. »

Isabella était la femme la plus amoureuse qui fût à Naples; elle savait, par
expérience, combien les doux baisers
d'un cher et fidèle amant ont plus de
saveur que ceux d'un mari, et s'en-
tremettait trop volontiers en pareille
occasion, portant des billets doux à un
ami ou à une amie. Elle répondit : —
« Je suis bien fâchée, chère cousine que
» j'aime tant, d'avoir entendu tout ce
» que tu viens de me raconter ; j'éprouve
» pour toi toute la compassion dont je
» suis capable. Mais, pour ne pas multi-
» plier des paroles qui ne te seraient
» d'aucun profit, je me borne à te dire
» que je t'approuve complètement, que
» je te félicite de ta prudence, et que
» je te conseille de faire ce que tu

» as décidé. Tu ne feras, d'ailleurs, à
» mon avis, rien de plus que la plupart
» d'entre nous. Car, à te dire vrai, nous
» nous trouverions fort mal de nous
» contenter des rares embrassements,
» des froides caresses de nos maris.
» Pour ce qui est de Niceno, qui te plaît
» tant, dis-tu, et que tu aimes si fort,
» laisse-moi faire. Il vient souvent à la
» maison et cause toujours d'amour
» avec moi; même il m'a, à bien des
» reprises, demandé de lui trouver une
» maîtresse. Quand il viendra me voir,
» et cela ne peut tarder, je mettrai
» la conversation sur l'amour et les
» jolies femmes, je lui rappellerai ce
» qu'il m'a demandé, et je lui dirai que
» je lui en ai trouvé une, des plus
» belles qu'il y ait à Naples. Je sais qu'il
» voudra tout de suite savoir le nom ; je
» m'avancerai peu à peu, et je finirai
» par lui tout découvrir; je verrai bien
» quelles sont ses dispositions, et je me
» persuade qu'elles seront telles que nous
» les désirons. Dès que j'aurai terminé
» avec lui, je m'arrangerai pour que tu

» le saches. » Bindoccia se crut sinon tout à fait, du moins à peu près sûre de son affaire, et elle s'en retourna chez elle toute joyeuse.

Par un heureux hasard, ce jour-là même, vers le soir, Niceno alla voir sa cousine Isabella, qui se mit à lui parler d'amour ; elle lui exposa si bien la passion de Bindoccia et lui persuada de s'y laisser aller par de si bonnes raisons, qu'il se détermina sans réserve à servir la dame. Il s'était cependant montré d'abord très-indécis : ce serait, lui semblait-il, commettre une mauvaise action, à cause de l'amitié fraternelle qui le liait à Angravalle. Mais il pensa à la rare et délicieuse beauté de la dame qui le faisait prier ; il se souvint que c'était une des plus jolies, une des plus charmantes jeunes femmes de Naples, dont les plus grands seigneurs du Royaume se seraient volontiers contentés, et résolut de mettre tous ses soins à mener à bonne fin cette entreprise. Bindoccia apprit par Isabella ce qui s'était passé, elle vit bien aussi les regards enflammés que

lui lançait Niceno ; elle se décida aussitôt
à ne pas perdre son temps, à donner carrière à ses amours et (comme on dit
en pareil cas) à se passer et repasser son
caprice sous les yeux de son mari. Niceno vint peu de temps après chez elle :
Angravalle venait de sortir ; Bindoccia
se mit à causer avec lui, et le valet qui
était resté à la maison pour la garder,
sachant la familiarité qui existait entre
son maître et Niceno, ne songea pas
à épier leur conversation. Les nouveaux
amoureux eurent ainsi assez de liberté
pour tisser la toile dans laquelle ils voulaient prendre Angravalle, et comme le
domestique s'en allait de temps à autre,
pour les besoins de son service, de la
salle à la cuisine et ailleurs, ils purent
prendre des arrhes en échangeant d'a-
moureux baisers, mais ses allées et venues les empêchèrent de pousser plus loin.

Bindoccia était assurée que Niceno
avait pour elle autant d'amour qu'elle
le désirait. Quand il fut parti et
qu'elle se trouva le soir à table avec
son mari, elle ne mangea rien ou pres-

que rien, faisant mine d'avoir pour la nourriture un profond dégoût ; elle s'arrangea de façon à faire croire qu'elle avait l'estomac dérangé, mal disposé, et simula de vives douleurs. Le mari lui demanda ce qu'elle avait ; elle répondit tristement et d'une voix dolente qu'elle avait très-mal à l'estomac, et qu'elle ressentait des étourdissements si violents que toute la maison paraissait tourner. Angravalle l'engagea à se mettre au lit et à tâcher de se reposer. C'était bien ce qu'elle voulait ; elle s'empressa d'aller se coucher et fit signe à la muette de la déshabiller, puis, comme si elle souffrait beaucoup, elle se mit à soupirer, à gémir, à se plaindre et à se démener dans son lit. Quand Angravalle vint l'y rejoindre, elle ne fit pas autre chose que se lamenter et se retourner constamment sans trêve ni repos.

Vers le milieu de la nuit, elle se leva en toute hâte, comme si elle avait la colique, sortit de sa chambre et entra dans une pièce voisine où était la chaise percée. Angravalle, qui s'était aussitôt réveillé, et qui avait entendu sa femme se lever, persuadé que quelque amant l'attendait, fou de jalousie, la suivit en cachette ; mais il ne fut pas assez malin pour que la Dame, qui se tenait sur ses gardes, ne s'en aperçût pas. Tout lui parut aller selon ses désirs, elle se mit à gémir en marchant et à faire avec sa bouche un crépitement pareil à celui que fait le ventre, quand il est plein de flatuosités dont il éprouve le besoin de se décharger. Cela dura un bon moment, de sorte qu'Angravalle crut fermement qu'elle avait la diarrhée, et qu'elle souffrait beaucoup. Elle se leva, retourna au lit ; mais trois ou quatre fois encore, peu de temps après, elle se releva, et s'en alla à la garde-robe. Angravalle la suivait toujours : toutefois, quand il vit que rien ne prêtait au soupçon, que, chaque fois qu'il la suivait, elle se vidait réellement le corps, il ne s'occupa plus autrement de la surveiller, bien qu'elle se levât peut-être dix fois encore. Donna Bindoccia, une fois certaine qu'il n'était plus à ses trousses et n'espionnait plus ce qu'elle faisait, comprit que tout marchait à son gré et se dit à elle-même : « Va, mon mari, garde- » moi de près, mais écoute un peu : la » nuit qui vient, je veux que, sans quit- » ter Naples, tu voyages au pays de Cor- » nouailles en Angleterre et que ton na- » vire passe par Corneto. » Le jour venu, elle resta au lit, fit appeler le valet et lui commanda une espèce de ragoût propre à guérir la diarrhée. Angravalle voulait faire venir le Médecin ; au moins, il le disait ; mais elle ne le voulut pas, elle n'entendait pas, disait-elle, qu'on lui resserrât le ventre, c'était une purgation qu'elle prenait et elle savait bien que cela lui serait très-utile et affermirait sa santé. Elle resta au lit toute la journée, se levant de temps en temps, et faisant mine d'aller au privé, comme les autres fois.

A trois heures de la nuit, Niceno, se conformant aux ordres que la Dame lui avait donnés, vint à la maison du mari de Bindoccia et pénétra par le jardin. Cette maison était vaste, elle avait

une belle cour, des balcons des belvé-
dères, comme c'est l'usage à Naples ; elle
renfermait aussi une foule de salles et
de chambres au rez-de-chaussée et aux
étages ; or elle n'était habitée que par
Angravalle, Bindoccia, la muette et le
serviteur qui, chargé de soigner les chevaux, couchait dans l'écurie, assez loin
de la maison. Niceno, qui connaissait
bien les êtres, arriva où il voulut aller,
sans être ni vu, ni entendu. Au moment
favorable, la Dame se leva, et s'en fut
au retrait, se plaignant d'avoir mal
au ventre. Là se tenait caché Niceno,
comme c'était convenu, il attendait avec
impatience l'arrivée de sa belle amie ;
dès qu'il l'entendit venir, il s'élança tout
joyeux à sa rencontre, la serra tendrement dans ses bras, et lui dit : — « Sois la
» bienvenue, mon âme. » Bindoccia, sans
lui répondre autrement, l'embrassa, le
baisa fort amoureusement, et l'accabla
de caresses. Comme le temps leur était
un peu mesuré, il la prit dans ses bras,
la porta sur un petit lit qui se trouvait dans cette chambre, et, à la joie ex-

trême des deux parties, ils coururent, au milieu d'infinies délices, trois postes sans quitter l'étrier. Cela fait, Bindoccia retourna dans sa chambre et se mit au lit en ayant soin de ne pas trop s'approcher de son mari, de peur de tomber sur les cornes qui devaient commencer à lui pousser. Il ne s'écoula guère de minutes avant que, sous le prétexte d'un besoin pressant, elle retournât auprès de son amant qui, tout joyeux, l'attendait. Aussitôt, pour ne pas perdre leur temps en vaines paroles, ils recommencèrent une autre fois à danser la danse de Trévise, et, pendant qu'ils folâtraient ainsi, la Dame, imitant le bruit que fait une personne dont le corps, plein de vents, se soulage, faisait avec sa bouche tant de vacarme, qu'Angravalle, dont la chambre était voisine, entendit ce tapage et dit : — « Ma femme, » tu as donc pris froid ? » Elle, qui déjà avait mis le rossignol en cage, répondit à Angravalle en se moquant de lui — » Tu dis bien la vérité, mon cher mari, » mais c'est toi qui es coupable et c'est

» moi qui souffre, car tu ne sais pas me
» couvrir et me tenir au chaud. » Niceno
pouffait de rire, il l'embrassait à pleine
bouche ; et, tout en s'embrassant, ils firent deux fois, avec un plaisir infini,
entrer le diable en enfer avant que
Bindoccia s'en allât. Enfin, après être
revenue près de son mari, elle retourna
quatre fois encore trouver son amant,
qui la reçut toujours à merveille et ne
la lâcha jamais sans avoir au moins dansé
une danse avec elle. Quand ils eurent
envoyé neuf fois Angravalle à Cornaz-
zano, il leur sembla qu'ils en avaient
fait assez pour cette nuit-là ; Niceno retourna chez lui en suivant le chemin
par lequel il était venu, et Bindoccia revint auprès de son mari. Angravalle, qui
l'avait entendue se lever si souvent, lui
dit à la fin : — « Ma femme, si tu ne te
» soignes pas, ce vilain dérangement
» pourrait bien te jouer un mauvais
» tour. Je vais demain matin faire venir
» le médecin et il te donnera quelque re-
» mède qui enrayera ton mal. » La
Dame qui, ayant avalé cette nuit-là ;

avec un plaisir incroyable et des jouissances infinies, huit bons sirops de miel
et de sucre et une dose de manne, se
trouvait fort bien purgée de l'humeur
mélancolique et ne voulait pas d'autre
médecin que son Niceno, dit à son mari
qu'elle pouvait bien se passer de remèdes :
elle se sentait mieux et n'avait plus mal
à la tête. Tout le reste de la nuit, elle
dormit consciencieusement, et presque
jusqu'à l'heure du dîner, réparant ainsi
la fatigue que lui valaient les neuf milles
qu'elle avait courus. Elle finit par se lever, et comme Angravalle lui demandait
comment elle se trouvait : — « Grace à
» Dieu, » dit-elle, « je vais très-bien ;
» cette indisposition m'a tenu lieu d'une
» médecine salutaire et excellente. » Le
cornard de mari, ignorant des malices
que savent toujours trouver les femmes,
goba cela très-facilement.

Les affaires de Bindoccia étaient au
point que je viens de vous dire ; elle ne
pensait qu'à chercher de nouvelles ruses
et des moyens sûrs de se retrouver avec
Niceno. Il arriva à ce moment que près

de Somma, où Angravalle avait une propriété, le feu dévora une de ses maisons avec une grange à foin, ce qui lui causa une grosse perte. Il fut forcé de s'absenter pour ses intérêts et donna des ordres pour le temps de son absence. Il laissa le valet à la maison, avec commandement exprès de veiller surtout sur sa femme et de faire grande attention à quiconque viendrait chez lui : c'était une chose indispensable, il l'avait tant de fois répété. « Tu surveil-
» leras avec le plus grand soin, » lui dit-il, « tout ce qu'elle fera de jour et de
» nuit ; tu épieras toutes ses actions,
» afin qu'à mon retour, je puisse savoir
» de toi où en sont mes affaires. » Ces précautions prises, Angravalle partit et chevaucha vers Somma. Toutes les nuits qu'il resta hors de sa maison, Bindoccia, devenue libre, fit venir Niceno et coucha toujours avec lui ; elle goûtait bien mieux ses embrassements, maintenant qu'elle n'avait pas à craindre le mari.

Tant que dura l'absence d'Angra-valle, ils se donnèrent ainsi le meilleur

temps du monde, Bindoccia s'appli-
quant à réparer celui qu'elle avait
perdu. Enfin, la dernière nuit que Niceno vint coucher avec elle (c'était la
nuit de la Saint-Erme), sachant qu'Angravalle devait le lendemain revenir de
Somma, ils ne pouvaient pas se quitter,
si bien que l'Aurore les surprit au lit.
Niceno s'en aperçut : — « Oh, mon âme ! »
s'écria-t-il, « le jour nous a surpris
» au lit, je crains bien d'être vu en
» sortant d'ici. » Il s'habilla à la hâte, il
quitta la chambre ; mais, au moment où
il allait sortir du jardin, il s'aperçut que
ce vaurien de valet l'avait vu, peut-être
même reconnu. Cela le chagrina beaucoup ; mais, comme il ne pouvait pas
douter que le valet ne l'eût aperçu, il
alla, le jour même, après dîner, voir Bindoccia, sous prétexte de savoir quand
rentrerait Angravalle ; il lui dit ce qui
s'était passé et se retira aussitôt.

Vers le soir, Angravalle étant revenu,
Niceno, qui guettait son retour, vint le
voir, et, familier, comme d'ordinaire, il
demeura longtemps avec lui à parler de

choses et d'autres. Niceno parti, Angravalle s'en fut à l'écurie avec le valet et
entendit de sa bouche des choses qu'il
ne s'attendait guère à apprendre. Je ne
saurais comment vous dépeindre le déplaisir qu'il en éprouva, vous devez bien
vous le figurer. Jaloux de sa femme
comme il l'était, au delà de toute mesure et plus qu'on ne se le pourrait
imaginer, il croyait bien d'elle tout le
mal possible. Mais il ne pouvait penser
que Niceno fût le coupable, et il était
plus disposé à croire que le valet avait
pris un autre pour lui. Aussi le ques-
tionna-t-il tant et plus, en lui recom-
mandant de bien réfléchir pour savoir
s'il ne s'était pas trompé. Le valet restait
inébranlable, disant qu'il l'avait très-
bien reconnu, et que pour sûr celui
qu'il avait vu était bien Niceno. Angravalle demeura néanmoins dans le doute
à cet égard, mais il ne doutait déjà plus
que sa femme se fût pourvue d'un autre
que lui ; il résolut donc de voir s'il ne
pourrait pas surprendre quelque indice.
De son côté, la Dame avait les yeux ou-

verts ; elle cherchait à voir et à comprendre s'il était question d'elle, et,
chaque fois qu'Angravalle s'entretenait
avec le valet, elle ouvrait les oreilles et
s'appliquait à guetter leurs paroles et
leurs gestes. Si Niceno venait à la maison (et il s'y rendait comme d'habitude),
elle ne faisait ni plus ni moins, et elle
se comportait avec lui comme par le
passé. Angravalle, qui ne les perdait pas
de vue tous les deux, s'étonnait beaucoup, et demeurait persuadé que c'était
un autre que Niceno que le valet
disait avoir vu ; ne pouvant plus supporter cette incertitude, il résolut de
questionner encore avec beaucoup de
soin le valet et de prendre ensuite tel
parti qu'il jugerait à propos.

Un jour donc, il lui dit d'aller l'attendre dans une chambre qui était au haut
de la maison, et dans laquelle se trouvaient les harnais des chevaux qu'il avait
eus jadis. La Dame entendit cela fort à
propos, sans qu'Angravalle s'en fût
aperçu, et voulant épier ce qu'ils allaient
faire, elle eut l'air de s'occuper d'autre

chose, tout en attendant que son mari
montât. Il finit par gravir l'escalier et
entrer dans la chambre en question ; dès
qu'elle le vit, elle se rendit par un autre
chemin à une galerie qui donnait vue
sur le jardin et qui était tout près de la
chambre où se trouvait Angravalle.
Arrivée là, elle fit semblant d'étendre
des draps au soleil, et s'y prit avec
tant de précaution, que ni Angravalle, ni le domestique ne s'aperçu-
rent de sa présence. Elle prêta l'oreille
à ce qu'ils disaient. Angravalle commença par chercher des étrivières pour
les faire mettre à la selle de sa mule ;
quand il les eut trouvées, il s'assit sur
un siège qui était dans la chambre,
et, pensant avoir laissé sa femme en
bas, il se mit à parler d'elle avec son
valet, à pousser de gros soupirs et à se
lamenter sur son sort. Il voulut ensuite
que le valet lui racontât encore comment
il avait vu Niceno, quels vêtements ce
dernier portait, s'il avait des armes, s'il
était seul, à quelle heure il était parti,
comment il s'en allait, s'il s'était re-

tourné et tout ce qu'il avait fait. L'autre
lui répondit point par point et lui affirma
avoir très-bien reconnu Niceno ; à la
fin, Angravalle parla en ces termes : « Je
» veux, tel jour, faire semblant d'aller
» hors de Naples, je me cacherai dans la
» maison d'un de mes amis, et, de cette
» façon, nous pourrons mettre la main
» sur celui qui vient coucher avec ma
»·femme. Je crois de cette femme impu-
» dique tout ce que tu m'as dit avoir vu
» la nuit de la Saint-Erme. Mais je ne sais
» que dire de Niceno ; tu m'affirmes avec
» persistance que c'est bien lui l'amant
» qui vient la trouver, et pourtant il
» m'est difficile de croire qu'un si intime
» ami puisse me faire une telle injure,
» apporter dans ma maison un si grand
» déshonneur. Depuis bien longtemps,
» j'ai vécu avec lui comme un frère, je
» lui ai toujours fait partager tous mes
» secrets, ayant en lui plus de confiance
» qu'en qui que ce soit au monde. Ce-
» pendant, puisque tu persistes à affirmer
» que tu l'as reconnu, je veux m'en as-
» surer. La chose une fois éclaircie, je

» montrerai à mon beau-père et à mes
» beaux-frères l'injure qui m'est faite,
» bien décidé à m'ôter cette honte des
» yeux. » Bindoccia entendit toutes ces
paroles sans en perdre une seule ; et, levant les mains au ciel quand la conversation changea, elle remercia Dieu
d'avoir permis qu'elle connût les desseins
de son mari. Elle descendit ensuite sans
avoir été entendue de personne et se retira dans sa chambre. Angravalle descendit aussi peu de temps après avec le
valet ; elle les vit encore causer secrètement entre eux, et elle se dit à elle-
même : « Employez toutes les ruses,
» tous les artifices que vous saurez trou-
» ver ; guettez-moi, tendez-moi des piè-
» ges, je veux que mon amant vienne
» coucher avec moi, vous le verrez, et
» cependant je m'y prendrai de telle
» sorte qu'ensuite vous ne le croirez
» plus, et même vous tiendrez pour cer-
» tain que vous vous êtes trompés. Oui,
» par l'âme de ma mère, je ferai cela, j'ar-
» racherai la jalousie de la tête de mon
» cornard de mari, et jouerai à ce fai-

» néant de valet un si bon tour, je lui
» ferai subir un tel affront, qu'il se sou-
» viendra toujours, tant qu'il vivra, de
» Saint Erme et de sa fête. »

Peu de temps après, arriva le jour où Angravalle devait aller à la campagne, ou, pour mieux dire, faire semblant d'y aller. Il feignit donc de partir, et après avoir dit à sa femme qu'il resterait absent quatre ou cinq jours pour des affaires qui lui étaient survenues, il se rendit à la maison d'un de ses amis, où il laissa sa mule; à deux heures (1), il revint chez lui et se dirigea vers l'écurie. Le valet l'y attendait, comme c'était convenu; il introduisit son maître dans l'écurie, d'où ils passèrent au jardin, qui leur donna accès dans un autre lieu où tous deux se blottirent, parce qu'on pouvait très-bien voir de là si quelqu'un se dirigeait vers la chambre de la femme pour y entrer. Le jaloux Angravalle était à peine depuis une heure au guet avec son domestique,

(1) Huit heures du soir.

quand survint Niceno, prévenu par la
belle et rusée Bindoccia ; il était à demi
déguisé, et si imparfaitement que quiconque avait l'habitude de le voir ne pouvait manquer de le reconnaître. Angravalle le reconnut bien, et ne douta pas un
instant que ce ne fût là Niceno. L'amant
s'en alla tout droit où l'attendait Bindoccia, qui l'accueillit joyeusement. A
cette vue, Angravalle dit au valet de ne
pas bouger d'où il était avant son retour, mais de faire bien attention à Niceno et de voir s'il partait. Puis, plein de
rage et de colère contre les deux amoureux, délibéré de leur faire un mauvais parti, il prit ses armes et courut
en toute hâte à la maison de son
beau-père. Aussitôt, il se mit à cogner
à la porte le plus fort qu'il put, et
frappa avec tant de violence qu'il se fit
entendre. Il était déjà plus de quatre
heures de nuit (1), aussi le père et les
frères de la Dame furent-ils très-étonnés
de voir Angravalle venir chez eux à pa-

(1) Dix heures du soir.

reille heure. Ils firent ouvrir les portes, après avoir allumé deux flambeaux ; les fils étaient déjà dans la chambre de leur père et attendaient qu'Angravalle montât. A son arrivée dans la chambre, le malheureux était si haletant, tant à cause de la colère qui le dévorait que pour avoir marché très-vite, qu'il pouvait à peine parler. On lui demanda pourquoi il venait si tard et dans un si grand émoi, quel accident lui était arrivé. Il répondit en ces termes : « Monsieur mon
» beau-père, et vous, messieurs mes
» beaux-frères, si votre fille et sœur, qu'il
» vous a plu de me donner pour femme,
» n'avait pas dégénéré de votre sang
» et de celui de sa mère ; si elle avait
» honnêtement vécu, comme cela con-
» venait tout à fait à vous, à moi et à
» son rang, je ne serais pas, à une heure
» si extraordinaire pour moi, à rôder
» comme un oiseau de nuit, et vous re-
» poseriez tranquillement dans vos lits,
» comme c'est le moment ; mais Bin-
» doccia, en femme impudique et éhon-
» tée, n'ayant aucun souci de son hon-

» neur, qui devrait lui être aussi cher
» que la vie, et ne s'inquiétant pas du
» nôtre, que son devoir était cependant
» de conserver pur de toute tache, vous
» a couverts d'infamie, et moi d'une
» honte éternelle ; je suis donc obligé de
» venir à une heure si tardive vous ap-
» porter déplaisir et ennui, et vous prier
» de m'accompagner, s'il vous plaît ; je
» veux vous faire voir clairement, de
» vos propres yeux, avec qui votre fille
» et sœur prend dans mon lit des plai-
» sirs charnels. Vous le verrez, mes Sei-
» gneurs, et, quand vous l'aurez vu, je
» me tiens pour certain que vous me
» laisserez tirer d'elle telle vengeance
» que mérite une si grande scélératesse ;
» j'ai gardé des guerres passées le renom
» d'un honorable Chevalier, il me pa-
» raît trop étrange qu'une femme me
» rende ridicule. Vous avez entendu,
» tout cela est vrai. » Ces paroles per-
cèrent cruellement le cœur du père de la
Dame et aussi celui de ses frères, qui
tous l'aimaient tendrement, et qui ne
pouvaient pas la croire coupable d'une

semblable faute. Ils demandèrent à Angravalle avec qui Bindoccia couchait, et
il répondit que c'était avec Niceno.
Avant de se mettre en route, ils voulurent qu'Angravalle leur redît encore
une fois par le menu tout ce qu'il venait de leur raconter. Il le fit sans
changer un mot à son premier discours.
Puis il les pria de nouveau de venir
avec lui, leur disant qu'ils verraient tout
au clair, et qu'ils ne pourraient pas l'accuser de leur avoir raconté des mensonges. Alors le bon vieillard, tant pour
atténuer la faute de sa fille, que pour
adoucir un peu la colère de son gendre
irrité dont il craignait de voir la fu-
reur aller jusqu'à tremper ses mains dans
le sang de sa femme, lui répondit ainsi :
— « Si tout est bien comme tu le dis,
» Bindoccia n'est pas aussi coupable que
» tu le penses : tu l'es au moins autant
» qu'elle, pour avoir reçu chez toi, jour
» et nuit, Niceno, un noble et beau
» jeune homme. Tu devais bien savoir
» qu'un tas de fagots est mal placé au-
» près du feu. Si tu as nourri un ser-

» pent dans ton sein, à toi en est la
» faute. Peut-être encore auras-tu si mal
» fourni Bindoccia de ce qui est le plus
» nécessaire aux femmes, qu'elle aura
» été forcée de s'en pourvoir ailleurs.
» Viens donc dans ta maison, et nous
» ferons ce qui conviendra à ton hon-
» neur et au nôtre. » Cela dit, tous se
mirent en route.

La Dame, qui avait persisté dans sa
résolution, voulut que Niceno, à peine
entré, se déshabillât et se mît au lit avec
elle, sachant bien que son mari devait
aller d'un bout de Naples à l'autre.
Quand ils eurent, avec grand plaisir et à
plusieurs reprises, fait courir l'eau au
moulin, Bindoccia prescrivit à Niceno
d'endosser une chemise de la muette, et
lui dit de s'envelopper la tête, comme
cette femme avait l'habitude de le faire,
de telle sorte qu'en le voyant à l'improviste, on devait le prendre pour la
muette et non pour Niceno. Puis elle
plaça ses habits dans un endroit convenu
d'avance. Après lui avoir ensuite bien
enseigné ce qu'il devait faire, elle atten-

dit fort tranquillement l'arrivée de son mari; elle avait arrangé le lit de sorte qu'elle seule paraissait y avoir couché, elle arrangea de même le lit de repos. Le mari, suivi de ses compagnons, arrive. Il trouve le valet à son poste, et apprend que Niceno n'est pas parti; tous montent les escaliers, et Angravalle se met à donner des coups de pied dans la porte. A ce bruit, la Dame, comme si elle s'éveillait d'un long sommeil, demande : « Qui est là ? » Puis, faisant semblant de reconnaître son mari, qui lui criait ? — « Ouvre, ouvre, » elle dit en ouvrant : — « Est-ce une heure pour ren- » trer à la maison ? » Quand la chambre fut ouverte et que la lumière des flambeaux y pénétra, Niceno, qui s'était couché dans le lit de repos, se leva en marmottant, comme la muette, puis, comme s'il était tout ensommeillé, endossant une mauvaise robe de la muette et cachant la figure, il s'achemina vers la porte de la chambre en faisant tous les gestes bizarres ordinaires à cette femme. Angravalle, bien certain d'avoir

la muette sous les yeux, dit : — « Lais-
» sez-la partir ; cette misérable, sachant
» qu'elle est sourde et muette et qu'elle
» ne peut pas répéter à autrui ce
» qu'elle voit, l'a gardée dans sa cham-
» bre. » Puis se tournant vers sa femme
avec un méchant visage : « Où est-il,
» coquine, l'homme que tu as fait venir
» cette nuit ? Qu'as-tu à regarder,
» gueuse ? Que ne réponds-tu ? » Bindoccia, qui savait son amant en sûreté
et qui voyait ses projets réussir pleinement, répondit en ces termes : — « Dieu
» te pardonne, mon mari, les paroles que
» je t'entends dire ; tu aurais mieux fait
» de te mordre la langue. Suis-je devenue
» une de ces femmes qui se tiennent
» dans les mauvais lieux et qui se livrent
» à prix d'argent à qui les veut ? Quel
» étrange caprice t'a passé par la tête
» pour amener ici à cette heure mon
» père et mes frères, pour leur faire un
» si bel honneur ? mais par la foi de
» Dieu, ta rage n'a pas de raison d'être,
» car je ne suis pas ce que tu dis, il faut
» que tu l'aies rêvé ; personne autre que

» toi au monde n'a jamais couché avec
» moi. Regarde bien par la chambre,
» ouvre les coffres, retourne tout et as-
» sure-toi que tu te trompes. Je ne puis
» pas cacher un homme sous cette jupe,
» sans doute. Tu as trouvé la porte
» fermée au verrou, tu as vu clairement
» qu'il n'y avait personne ici que la
» muette qui, pour ne pas rester seule
» la nuit dans sa chambre, s'est couchée
» sur le lit de repos. Elle voulait faire
» comme cela toutes les nuits que tu
» resterais dehors, car tu m'as dit au-
» jourd'hui que tu devais passer à la
» campagne plusieurs jours. » Le père
et les frères de Bindoccia avaient fureté
avec soin par toute la chambre; ils n'a-
vaient rien trouvé; le lit n'était ni en
désordre, ni même foulé, sinon du côté
où la dame s'était couchée; leur surprise ne connut pas de bornes. Ils se
tournèrent vers Angravalle, le visage
sombre et menaçant, et le père lui dit :
— « Tu es venu nous conter cette nuit,
» en toute hâte, que tu avais vu entrer
» Niceno dans cette chambre; qu'il était

» certainement couché avec Bindoccia;
» que si je voulais venir ici avec mes
» fils, je le trouverais au lit avec elle.
» Nous voici, où est Niceno? où est
» l'homme couché avec ma fille? Tu ne
» peux nous montrer personne, et, en
» vérité, il n'y a dans le lit aucune trace
» qui prouve que quelqu'un s'y soit
» couché, excepté de ce côté où Bindoc-
» cia s'est reposée, de telle sorte qu'on
» voit bien qu'elle ne s'y est pas démenée
» ni retournée et qu'à peine elle s'est re-
» muée. Si quelqu'un avait été couché
» avec elle, comme tu le disais, le lit ne
» serait pas comme cela; nous le ver-
» rions tout sens dessus dessous. On sait
» bien que lorsqu'un amant est au lit
» avec sa maîtresse, ils font autre chose
» que dormir, et qu'ils se démènent des
» pieds et des mains. Vois encore ce lit
». de repos, et dis si personne autre
» que ta muette y a couché? Mainte-
» nant, qu'as-tu à dire? »

Le malheureux cornard d'Angravalle,
tout hors de lui, ne savait s'il veillait ou
s'il rêvait; la parole s'était éteinte sur ses

lèvres et il ne pouvait seulement ouvrir
la bouche. Alors la Dame se tourna vers
son père et ses frères, et, tout en sanglo-
tant, leur parla ainsi : — « Messeigneurs,
» vous m'avez, pour mon malheur, ma-
» riée à cet homme, et il eût mieux valu
» pour moi épouser un vil marchand
» ou quelque ouvrier ; tout autre qu'An-
» gravalle aurait eu quelque considéra-
» tion pour l'honnêteté de ma vie, pour
» ma naissance, pour mon éducation,
» pour vous-mêmes, enfin, et m'aurait
» traitée comme on doit traiter les fem-
» mes, en me faisant bonne compagnie
» et en ne me prenant pas pour une
» servante ou pour une esclave. Mais ce
» vilain chien, qui, contrairement à tous
» ses devoirs, cherche à m'ôter la vie, en
» me couvrant de honte, ainsi que vous
» et toute notre famille, a conçu, depuis
» quelque temps, des soupçons sur mon
» compte : non pas que je lui aie jamais
» donné pour cela l'ombre d'un prétexte,
» mais sans doute, parce qu'il ne rem-
» plit plus auprès de moi l'office qu'il
» devrait raisonnablement remplir, celui

» dont s'acquittent tous les bons maris
» et dont la raison veut qu'ils s'acquit-
» tent. Les femmes n'épousent pas les
» hommes pour être tenues en servitude
» plus durement que les domestiques et
» les esclaves, mais pour être leurs com-
» pagnes, pour révérer leurs maris et
» pour leur obéir en tout ce qui est li-
» cite et honnête. Si le mari découvre
» dans sa femme quelque chose qui lui
» déplaise, il doit l'en avertir avec ten-
» dresse; quand il est au lit avec elle, et
» ne pas emboucher la trompette pour
» l'accuser, à moins d'être bien sûr
» d'abord qu'elle a failli. Dis-moi, vau-
» rien que tu es, si jamais tu m'as avertie
» ou grondée à propos de n'importe
» quoi ? Quand m'as-tu jamais dit de re-
» noncer à ceci ou à cela, de ne pas faire
» telle ou telle chose ? Je ne me souviens
» pas, pour sûr, que tu m'aies jamais fait
» de reproches. Tu m'as recommandé
» d'aller à la messe les jours des grandes
» fêtes seulement, à notre paroisse et de
» bonne heure. T'es-tu jamais aperçu
» que je t'aie désobéi ? Mais, puisqu'il

» faut parler, je vais vous dire la vérité,
» Messeigneurs. Cet homme m'a pourvue
» de vêtements et de bijoux comme il
» convenait à une femme de ma condi-
» tion, et pendant deux ans il m'a traitée
» comme sa femme ; mais depuis bien
» des mois, Dieu sait la vie que j'ai me-
» née ; il me l'a faite telle que des chiens
» auraient pitié de moi. Dis-moi un peu,
» Angravalle, si par tes œuvres tu mérites
» encore le nom de mari ; dis-moi, je
» t'en prie, si depuis huit ou neuf mois
» tu as plus de trois fois accompli avec
» moi l'acte sacré du mariage ? Suis-je
» donc mal bâtie, suis-je contrefaite ou
» répugnante, pour que tu craignes de
» t'approcher de moi et de me toucher ?
» Ainsi, parce que tu n'es bon à rien et
» parce que tu sais bien que tu ne rem-
» plis pas tes devoirs, tu m'as jugée
» semblable à toi. Et tu as cru (cela
» fait honneur à ton jugement, pauvre
» homme,) que je devais pour cela cher-
» cher ailleurs ce que tu me refusais.
» Quand m'as-tu jamais vue prêter l'o-
» reille aux propos d'un homme quel

» qu'il soit ? Dis, dis si tu m'as jamais
» vue faire quelque chose de repréhen-
» sible ? Quand ai-je jamais reçu des
» propositions, des lettres ou des ca-
» deaux ? Tu aurais largement mérité
» que je fisse ce que font tant d'autres,
» et j'aurais bien fait de planter sur ta
» tête le panache de la cité de Corneto.
» Mais mon honnêteté, les bonnes mœurs
» qu'on m'a apprises dans la maison de
» mon père, ne me permettent pas, si
» peu que tu vailles, de devenir une
» femme éhontée, une coureuse, une
» coquine. »

A ce moment, un des frères prit la
parole : — « Écoute, ma sœur », dit-il,
« ton mari nous a dit que son valet a
» vu ces jours derniers quelqu'un qu'il
» a pris pour Niceno sortir de ta cham-
» bre au lever du soleil, et que cette
» nuit ils l'ont vu tous les deux entrer
» dans ta chambre. » Dès qu'elle eut
entendu, bien qu'elle fût tout en pleurs,
elle répondit en souriant : — « Ainsi,
» mon mari, tu as cru le mensonge
» que te disait ce coquin ? Mais puis-

» qu'il s'est laissé aveugler par sa co-
» lère, je vais te dire moi ce que, par
» bonté d'âme, je t'aurais tu. Ce gibier
» de potence, après s'être désolé avec
» moi de ce que tu me laisses sans femmes
» et sans serviteurs, et de ce que tu me
» traites mal au lit, a eu l'audace de me
» demander de lui faire l'aumône de mon
» amour, et, le jour de la Saint-Erme,
» il a presque cherché à me violer. »
A peine la hardie et rusée femelle eût-
elle parlé que le domestique voulut répondre, mais un des frères qui avait ses
gants d'acier lui en donna sur la face un
coup si violent à poing fermé, qu'il lui
fendit les lèvres et lui cassa deux dents,
le menaçant de bien pis si jamais il se
laissait voir à Naples ; il fut sur le point
de lui donner son poignard dans le
corps ; cependant il se retint. Le valet
sortit de la chambre ; cette nuit-là même
il quitta la maison et le lendemain il
partit de Naples, berné et malade. Angravalle, ayant entendu tout ce qu'avait
dit sa femme et vraiment persuadé de sa
sincérité, lui dit : — « Mais que me ré-

» pondras-tu, si je t'affirme que j'ai vu,
» de mes propres yeux, entre trois
» et quatre heures, quelqu'un qui est
» monté ici et qui m'a fait l'effet d'être
» certainement Niceno? Je l'ai vu et je
» sais que je ne dormais pas; il peut
» bien se faire que je me trompe en
» disant que c'était Niceno, c'était peut-
» être un autre; mais par le sacré corps
» de Saint Janvier, j'ai vu un homme
» monter ici. — Puisque tu dis que
» tu l'as vu », répondit la Dame, « je te
» croirai volontiers. Mais sais-tu ce que
» c'est? Ce valet, pour te faire ajouter
» foi à ses mensonges, aura, à prix
» d'argent, fait venir quelqu'un qui
» sera monté ici, et quand tu es sorti,
» il l'aura fait partir. La maison est
» grande et le misérable a les clefs de
» toutes les portes. » Angravalle ne savait
que répondre; il serait volontiers tombé
sur le valet, si celui-ci avait été encore
dans la chambre, mais il avait déjà tourné
les talons. Bindoccia, voyant que les
choses marchaient bien, continua de dire
à son père et à ses frères combien An-

gravalle lui tenait mauvaise compagnie ;
elle énuméra tous ses torts : il la gardait
prisonnière, elle ne pouvait aller à
l'église ni chômer les Saints ou les Fêtes ;
elle en dit tant qu'elle faillit mettre la
discorde entre Angravalle et ses parents,
qui voulaient lui faire un mauvais parti
et tiraient déjà leurs épées. Certes, Angravalle seul contre plusieurs n'en serait
pas sorti sans échauboulures. Mais la
Dame, faisant mine de vouloir séparer
les combattants, arracha le bâton de son
lit, et, se jetant courageusement entre
eux, en appliqua (soit par erreur, soit
autrement) deux bons coups sur la tête
de son mari : la paix fut conclue. Angravalle demanda pardon d'avoir cru
trop facilement ce brigand de valet. La
Dame se jeta aux pieds de son père et
de ses frères, et les pria instamment de
l'emmener chez eux. — « Ne me laissez
» pas entre les mains de cet homme, »
disait-elle, « si ma vie vous est chère ; il
» a (vous le voyez bien) des soupçons à
» propos de tout, et je crains qu'il ne
» me tue un jour par jalousie. Et puis,

» je ne veux plus voir dans la maison ce
» coquin de valet ; quant à la muette, je
» ne sais qu'en faire. Si je ne fais pas la
» cuisine, il n'y aura personne ici qui
» nous donne à manger ; il faudra, pour
» vivre, faire prendre nos repas à l'au-
» berge des Génois. » Le père voulut
alors emmener sa fille avec lui, et il
commanda à ses serviteurs de réunir
tout ce qui lui appartenait. Mais Angravalle, à ces mots, se jeta aux pieds de sa
femme et la supplia de ne pas lui faire
un si grand affront. Elle restait inébranlable, et, plus il la priait, plus elle se
montrait renfrognée. Enfin, en présence
de tout le monde, il lui augmenta sa
dot de six mille ducats d'or, et lui promit qu'elle aurait chez elle tels serviteurs qu'elle voudrait et qu'il ne serait
plus jamais jaloux. La Dame se laissa
convaincre par les siens, et dit qu'elle
resterait avec son mari : « Je resterai,
» puisque cela plaît à mon père et à
» mes frères. Mais vois, mon mari, je
» ne veux plus que Niceno fréquente
» notre maison. Tu as conçu, au mépris

» de toute convenance, tant de jalousie
» contre lui que, chaque fois que je lui
» parlerais, tu redeviendrais fou comme
» devant. — Ce ne serait pas bien,
» mon enfant », répliqua aussitôt le père,
« et il ne faut pas que cela soit. Toute la
» ville de Naples connaît l'étroite amitié
» qui existe entre Niceno et ton mari ;
» s'ils ne se fréquentent plus, cela don-
» nera lieu de penser que c'est à cause
« de toi. Niceno me paraît être un ex-
» cellent et discret garçon ; il aime beau-
» coup ton mari, et je verrais avec peine
» qu'on lui donnât congé ; il faut le
» laisser aller et venir à sa guise, comme
» autrefois, et que rien de ce qui est
» arrivé ne transpire dans le public. »
Angravalle approuva extrêmement le
prudent conseil de son beau-père ; il dit
qu'il avait toujours eu de la peine à
croire à une si grande folie de la part de
Niceno. Bindoccia, qui voyait ses plans
réussir à souhait, dit alors : — « Puisque
» cela vous plaît ainsi à tous, je le veux
» bien aussi. » Tout le monde étant d'accord, les uns et les autres restèrent à

dormir en compagnie dans cette maison le reste de la nuit.

Le jour venu, Angravalle appela un notaire et lui fit consigner sur un acte authentique qu'il augmentait de six mille ducats la dot de sa femme. Il dépouilla toute idée de jalousie au moment même où il aurait bien fait d'en concevoir, et laissa Bindoccia libre de faire tout ce qui lui plaisait. Elle arrêta pour serviteurs pour son mari et comme femmes pour elle ceux qui lui parurent à son gré. Niceno n'eut jamais l'air, devant Angravalle, de savoir un mot de ce qui s'était passé ; il continua de fréquenter la maison comme il le faisait auparavant ; Bindoccia n'eut plus besoin de lui mettre la chemise de la muette ni de faire semblant d'avoir un flux de ventre pour se retrouver avec lui toutes les fois qu'ils le voulaient ; ils avaient toute facilité de se tenir compagnie et de se donner le meilleur temps du monde.

Ma conclusion est qu'il arrive bien rarement qu'une femme ne réussisse pas à faire ce qu'elle a décidé. J'ajoute que tout mari doit éviter comme la fièvre de donner à sa femme l'occasion de mal faire.

LE BANDELLO

A TRÈS-VAILLANT SEIGNEUR

LE SIGNOR CESARE FIERAMOSCA

LIEUTENANT DE L'ILLUSTRISSIME SEIGNEUR
PROSPERO COLONNA

OUS *avons, nous autres Lombards, un proverbe que nous répétons souvent, c'est que : le Loup a beau changer de poil, il ne change pas de vice. Puisque les proverbes sont acceptés de tout le monde, il faut que, la plupart du temps, ils expriment des vérités. Ainsi, lorsqu'on voit quelqu'un persévérer en vieillissant dans une habitude, bonne ou mauvaise, on peut être persuadé qu'il y persévérera jusqu'à la mort.*

L'homme de bien peut pécher sans doute et, de fait, il pèche parfois ; mais, comme il n'est pas habitué au mal, avec l'aide de la miséricorde de Dieu, il s'aperçoit de son erreur et il revient dans le droit chemin. Au contraire, les scélérats pour lesquels le mal est devenu une habitude font, une fois par hasard, de bonnes et louables actions, mais ils reviennent bientôt à leur méchante vie. Cela s'explique : l'homme qui s'est accoutumé par une longue pratique à prendre une manière d'être, une habitude, ne peut plus s'en débarrasser que difficilement. La conversation roulait sur ce sujet, il y a peu de temps, dans la maison de très-noble Signor Galéaz Sforza, Seigneur de Pesaro, alors à Milan, en présence de la très-illustre Signora Ginevra Bentivoglia, son épouse, et l'on parlait d'un vieillard qui, ayant toujours vécu avec une concubine pendant plus de vingt ans, n'avait pas voulu l'abandonner même à l'article de la mort. L'éminent Messire Paolo Taeggio, docteur ès lois, nous raconta une singulière aventure arrivée à Milan et qui plongea dans la plus grande stupéfaction tous ceux qui l'entendirent. Bien certainement c'est un fait surprenant et digne de pitié; si les choses de la religion n'y étaient pas mêlées, il prêterait beaucoup à rire. Je me suis décidé à l'insérer dans mes Nouvelles, pour faire nombre, et à vous le dédier, bien sûr qu'il vous étonnera, vous qui êtes, comme je m'en suis souvent aperçu par moi-même, si scrupuleux en tout ce qui touche aux choses saintes. Vous voudrez bien faire que notre aimable Gian Tomaso Tucca lise aussi cette Nouvelle, qui lui rappellera celle du Rammarro, que vous avez écrite quand vous étiez, avec l'armée, sur la frontière du Ferrarais. Portez-vous bien.

LE PORCELLIO, ROMCAIN,

s'amuse à se moquer d'un Moine auquel il se confesse.

NOUVELLE VI

 ESSER Dionisio Cirio, gen-tilhomme de cette ville, fort honorable et d'an-cienne famille, aimait vo-lontiers, quand il était en compagnie, égayer les assistants en leur contant quelque Nouvelle. Il était beau parleur et il avait toujours quelque bonne histoire à dire. Quand le Signor Chevalier Alfonso Visconti célébra ses noces avec la Signora Antonia Gonzaga, j'étais encore au nombre des invités et

je me souviens qu'il raconta, entre autres, une Nouvelle dont Milan était
le théâtre et que je vais vous redire, puisque le sujet se rapporte à celui de notre
conversation d'aujourd'hui.

Vous saurez donc que Francesco
Sforza, qui s'empara par la force des
armes du Duché de Milan, était un
homme qui, pour les talents militaires,
pouvait être considéré comme l'égal du
plus illustre des anciens Romains. Il
n'était pas lettré, car depuis ses plus
tendres années il avait servi sous les ordres de son père, le victorieux Capitaine
Sforza Attendolo ; néanmoins il aima
toujours les savants, quelle que fût leur
spécialité, et il leur fit de grandes largesses. Parmi ceux qu'il entretenait à Milan
et ailleurs était le Porcellio, poète Romain, qui, bien que né et élevé à Naples, voulait passer pour Romain. C'était
un bon poète pour ce temps où les
lettres, ensevelies dans l'oubli depuis
tant de siècles, commençaient seulement
à relever la tête et à se faire belles. Si
l'on voulait voir quelqu'une de ses com-

positions, il suffirait d'aller au Palais qui
fut autrefois celui du fameux Comte Gas-
paro Vimercato : il y a là dans les salles
et dans les chambres, à propos de divers
sujets, sous des peintures variées, un
assez grand nombre de ses Épigrammes,
qui montrent la vivacité de son esprit.
Son talent poétique, son ardeur pour les
Muses faisaient passer sur ses vices qui
étaient nombreux et abominables. Entre
autres défauts, et il n'en manquait pas,
il avait celui-ci, qui n'était pas un des
moindres : il aimait la chair de chevreau
plus que n'importe quelle autre nourriture, et son plus grand bonheur était
d'aller en pantoufles par le chemin sec (1).
Pour affaiblir la mauvaise opinion qu'on
avait de lui à la Cour, bien plus que par
le désir qu'il en éprouvait, stimulé d'ailleurs par le Duc Francesco, qui aurait
bien voulu le voir prendre goût à d'autre viande que celle du chevreau, il
épousa une veuve de vingt-huit ans
que le Duc lui fit donner et qui avait

(1) *Andar in zoccoli per l'asciutto.*

quelque fortune. La Dame, fort honnête personne, s'aperçut bientôt que son mari n'aimait guère à naviguer par la pluie (1) ; mais, comme c'était une bonne femme, elle espéra qu'avec le temps, il changerait d'habitudes ; en attendant, elle prenait son parti du mieux qu'elle pouvait, et suppliait Dieu toute la journée d'éclairer l'esprit de son mari et de le retirer d'un si abominable péché.

Sur ces entrefaites, le Porcellio tomba très-gravement malade ; les médecins avaient peu d'espoir de conserver à la vie le pauvre vieux, qui avait perdu le sommeil et l'appétit. Il touchait à la soixantaine et se trouvait extrêmement affaibli. Voyant cela, sa femme s'efforça par mille bonnes raisons de l'amener à se confesser. Il l'écoutait, mais il disait ensuite qu'il n'en voulait rien faire. Quand elle vit qu'elle perdait sa peine, elle envoya demander humblement au Duc Francesco qu'il voulût bien, pour l'amour de Dieu, envoyer au

(1) *Mal volentieri andava in nave per il piovoso.*

Porcellio une personne d'autorité qui lui persuadât de prendre quelque soin de son âme, dans l'extrême danger où le mettait la maladie, et de ne pas mourir comme un chien sans avoir reçu les saints Sacrements de l'Église. Le Duc, dès qu'il eut entendu les pieuses supplications de la bonne et charitable femme, envoya au Couvent Delle Grazie, que tenaient les Frères de l'Ordre de Saint Dominique ; ce Couvent venait d'être reconstruit. Il fit appeler le Père Fra Giacomo de Sesto, vieillard qui avait toujours vécu saintement, et l'informa de ce qu'il attendait de lui. Le saint homme, mis au fait de la volonté du Duc, s'achemina vers la maison du Porcellio. Quand il fut arrivé et qu'il eut dit à la femme qu'il venait par ordre du Prince visiter et confesser le Porcellio, il fut reçu par elle avec le plus profond respect. Elle le fit asseoir, et l'informa tout au long des affreuses habitudes de son mari, le suppliant, les larmes aux yeux, de faire tous ses efforts pour le décider à s'amender. Le bon Père haussa les épaules et parut fort affligé ; il dit que, pour ne pas manquer à son devoir, il ferait tout ce qui lui serait possible. Désireux de gagner une âme qui, au dire de la femme, était entre les mains du diable, il entra dans la chambre du Porcellio et lui dit : « Que la paix de Dieu soit sur » cette maison et sur tous ceux qui l'ha- » bitent. » En prononçant ces paroles, il s'approcha du lit et salua doucement le Porcellio, qui eut l'air de voir le Moine avec beaucoup de plaisir. Ils entrèrent ensuite en conversation ; le bon Père fit savoir au malade qu'il lui était envoyé par l'excellentissime Duc, et pourquoi. Il lui dit après cela beaucoup de bonnes paroles, l'exhortant adroite- ment à se confesser, lui disant qu'il serait toujours, à tout moment, prêt à l'entendre. Le Porcellio rendit grace au Duc de sa bienveillance, remercia le Moine de la peine qu'il prenait et dit qu'il se confesserait tout de suite.

Tout le monde étant sorti de la cham- bre, le bon Père commença à remplir son office avec un soin extrême ; quand on en vint aux péchés de la chair, il demanda doucement à son pénitent s'il n'avait jamais commis le péché contre nature. A cette question, le Porcellio, après s'être recueilli, se mit à regarder fixement le Père, comme s'il était fort étonné ; il eut même l'air d'être presque scandalisé. — « Vous me demandez là une » étrange chose, Messer, » dit-il. « De » quoi me parlez-vous donc ? Jamais de » ma vie je n'ai commis le péché contre » nature. » Le saint Prêtre, tout honteux d'avoir fait une telle question, passa à d'autres articles et mit tout le soin dont il était capable à faire que le malade se confessât bien. Quand il vit que le Porcellio n'avait pas autre chose à dire, il lui imposa la pénitence qui lui parut convenable et lui donna l'absolution, persuadé que la bonne femme était dans une grande erreur. Après l'avoir absous et lui avoir fait une touchante exhortation, il lui dit au moment de partir : — « Messer Porcellio, je viendrai » demain vous visiter ; si vous vous rap- » pelez autre chose, je vous entendrai et

» je ferai venir ensuite le Curé de votre
» paroisse pour qu'il vous donne le saint
» Sacrement de l'Eucharistie, afin
» qu'ayant pris le Viatique qui donne le
» salut, vous soyez prêt à faire tout ce
» que voudra notre Rédempteur, mes-
» sire Jésus-Christ, entre les mains de
» qui est votre vie et votre mort. — Fai-
» tes ce que vous voudrez, » répondit le
Porcellio ; « pour moi, je ferai tout ce
» que vous me commanderez. » Le bon
Père le bénit en faisant sur lui le signe
de la croix, et sortit de la chambre.

Quand la femme le vit sortir, elle vint
au-devant de lui et lui demanda si
son mari s'était décidé à ne plus commettre le péché contre nature ; le véné-
ble Frère lui répondit avec affabilité :
« Madame, vous devez savoir que, lors-
» que nous entendons la confession de
» quelqu'un, qu'il soit en bonne santé
» ou bien malade, nous faisons notre
» devoir tout entier, et qu'il n'appartient
» à personne de chercher à savoir ce que
» nous dit le pénitent. Quant à nous,
» qui sommes délégués par nos supé-

» rieurs pour entendre les confessions,
» il serait très-mal de notre part de dire,
» n'importe comment, un mot de ce qui
» nous a été confié, et même, si nous
» révélions la confession, nous mérite-
» rions la mort. Cependant, je veux et
» je peux bien vous dire que vous avez
» commis une profonde erreur en pre-
» nant de votre mari une si étrange opi-
» nion. Il n'a pas (que Dieu en soit
» loué !) le vice honteux que vous m'avez
» dit, et même il en est fort éloigné. » La
bonne femme, qui savait bien la vérité, dit alors en pleurant et en s'atten-
drissant : — « Mon bon Père, je n'ai point
» fait erreur, et je ne me trompe pas ;
» c'est mon malheureux mari qui se
» trompe lui-même et qui a honte
» d'avouer cet énorme péché. Croyez-
» moi, je sais bien ce que je dis, il y est
» enfoncé plus profondément qu'un
» poussin dans le duvet. Retournez de
» grace, mon Père, et parlez-lui encore ;
» je vous assure, moi, qu'il vous a menti.
» — Bien, Madame, » reprit le bon
Père, « je reviendrai ici demain matin

» pour le faire commùnier, et, s'il en est
» ainsi, je ferai ce que je dois faire. » Il
prit alors congé de la Dame et s'en fut
au couvent Delle Grazie.

Le lendemain matin, il revint près du
malade et, les salutations échangées, lui
dit : « Mon fils, je suis revenu pour que
» tu reçoives ce matin notre Sauveur,
» comme doit le faire tout fidèle Chré-
» tien ; pour le recevoir, il faut y
» préparer notre âme, autant que le
» comporte la fragilité humaine, afin
» qu'elle soit digne d'être le logis d'un
» tel hôte. Il convient donc de s'être en-
» tièrement confessé de tous ses péchés
» et de n'en cacher aucun au Prêtre.
» Hier, tu m'as assuré que tu n'avais
» rien d'autre à me dire, et je suis averti
» de bonne part que tu m'as caché, par
» respect humain, un de tes péchés. Ce
» n'est pas bien ; quand même tu aurais
» mis le Christ en croix, pourvu que tu
» te repentes et que tu le confesses, il
» est là cloué sur la croix avec les bras
» ouverts et toujours prêt à te pardon-
» ner ; tu n'as qu'à le vouloir. Dis-moi

» donc franchement tous tes péchés,
» mon fils, et, puisque tu n'as pas eu
» honte de les commettre, n'aie pas
» honte de les avouer. Tu es peut-être
» devant le Juge éternel, et tu cours le
» risque de mourir. Ne crains rien, et
» dis toute la vérité. — Mon Père, »
répondit le Porcellio, « je me suis con-
» fessé entièrement hier, et à toutes vos
» questions j'ai répondu la pure vérité ;
» si cependant vous avez le moindre
» doute, parlez et je l'éclaircirai. » Alors
le Moine, tout plein de zèle pour le salut
du pécheur, lui dit : — « Mon fils, on m'a
» affirmé que tu es coupable du péché
» contre nature et que tu l'as commis
» souvent. S'il en est ainsi, il faut me le
» dire, il faut te repentir d'un si grand
» péché, et prendre la ferme résolution
» de ne plus le commettre. Si tu t'en
» confesses, je t'en absoudrai ; autre-
» ment, tu iras dans la gueule de Luci-
» fer, et tu y subiras les affreux supplices
» de l'Enfer. » A ces paroles, le Porcellio
à demi courroucé, presque en colère,
répondit : — « Messer, vous me paraissez

» vraiment étrange et ce que vous dites
» n'est pas vrai. Celui qui m'accuse du
» péché contre nature ne sait ce qu'il dit
» et ment. Vous devez me croire pour
» cela, et non pas les autres. Personne
» ne sait mes affaires mieux que moi. »
Le bon Père, entendant ces mots et sachant bien qu'il faut croire tout ce que
dit un pénitent, aussi bien en sa faveur
que contre lui, répliqua en ces termes :
— « Mon fils, j'ai fait mon devoir comme
» la bonté divine m'a inspiré. Il faut
» maintenant envoyer chercher le Curé
» pour qu'il t'administre le saint Sacre-
» ment de l'autel ; je lui ai parlé en
» venant ici et il attend. »

On envoya chercher le Curé, et la
femme voyant que le Moine était resté
un bon moment avec le malade, entendant dire enfin que le Curé venait, crut
que son mari s'était confessé de tous ses
péchés. Tout en attendant le Curé, le
bon Père resta à causer de choses édi-
fiantes avec le Porcellio, qui lui tint ce
langage : — « Je ne sais, ni ne veux savoir,
» qui m'a accusé auprès de vous du péché

» contre nature, lequel je n'ai jamais
» commis. Dieu le lui pardonne. » Et il
se mit à affirmer par serment au Religieux qu'on lui avait menti, à faire appel
au témoignage de tous les Saints du Paradis, avec les plus terribles impréca-
tions. Le bon Père, qui voyait cet homme
tout près de la mort, n'aurait jamais pu
croire qu'il dît autre chose que la vérité.
Aussi, quand le Curé fut arrivé, le pauvre Porcellio reçut le Sacrement de l'autel et fit montre d'une grande contrition.
Comme le Religieux s'en allait, la Dame
l'accompagna jusqu'à la porte, le remer-
ciant avec chaleur de la sainte tâche
qu'il avait remplie auprès de son mari et
le suppliant de prier Dieu pour que le
Porcellio maintînt les bonnes résolutions
et ne retournât plus à son vomissement.
Le Moine lui fit une honnête réprimande
et lui dit : — « Madame, vous êtes vrai-
» ment bien entêtée; vous péchez en
» ayant mauvaise opinion de votre mari,
» quand il n'est pas coupable, et en l'ac-
» cusant comme vous le faites d'un vice
» si honteux. Ce n'est pas bien, et il ne

» faut pas agir ainsi. » En entendant ces
mots, la Dame retint le Religieux qui se
préparait à sortir de la maison et lui
dit : — « Mon Père, je ne voudrais pas
» vous voir partir fâché contre moi, je
» n'ai rien fait pour cela, et puis, je ne
» voudrais pas que mon mari mourût
» comme une bête. S'il a vécu (comme
» effectivement il l'a fait jusqu'ici) pis
» que ne vivent les animaux privés de
» raison, je voudrais, si c'est possible,
» qu'il mourût comme doit mourir
» tout bon Chrétien. Ce que je vous ai
» dit de lui, ne croyez pas que je vous
» l'aie dit ou par jalousie ou sur des
» soupçons que j'aurais conçus à la lé-
» gère ; je ne m'aventurerais pas de la
» sorte ; mais je l'ai vu avec ces deux
» yeux que voici. Et, malheureusement
» pour moi, je ne suis pas la seule, il
» n'y a dans la maison personne qui ne
» vous en rende témoignage. Je lui ai
» fait cent fois peut-être à ce propos des
» scènes violentes, et je vous assure qu'il
» n'aurait pas osé nier en ma présence.
» C'est pourquoi, mon Père, ne vous

» occupez pas de ses dénégations, mais
» pour Dieu, retournez dans la chambre
» et voyez à le tirer de la main du Dia-
» ble. » Le saint homme fut tout trou-
blé de ce discours; il retourna près du
Porcellio et lui dit : « Hélas, mon fils, je
» ne sais ce qu'on me rapporte de toi.
» Tu prétends que tu n'as pas commis le
» péché contre nature, et tu en es plus
» chargé que si tu avais sur le dos tout
» l'édifice de la Cathédrale de Milan ; je
» le sais, à présent : tu as pour les jeu-
» nes garçons mille fois plus de passion
» que la chèvre n'en a pour le sel. » Le
Porcellio répondit de sa plus belle voix
et en hochant la tête : — « Oh, oh,
» révérend Père, vous n'avez pas su
» m'interroger. M'amuser avec des
» jeunes garçons m'est plus naturel à
» moi qu'il n'est naturel à l'homme de
» boire et de manger, et vous me de-
» mandiez si je péchais contre la na-
» ture ! Allez, allez, Messer, vous ne
» savez pas ce que c'est qu'un bon mor-
» ceau. » Le bon Père, tout étourdi de
cette voix diabolique, haussa les épaules

et, après avoir quelque temps regardé le
Porcellio comme un prodige et comme
il aurait regardé un monstre effrayant, il
dit en soupirant : — « Hélas, Seigneur
» Dieu, j'ai fait mettre le Christ dans
» une fournaise ardente. » Il partit, et
rencontrant la femme, il lui dit : « Ma-
» dame, j'ai fait tout ce que j'ai pu. » A
ce moment, le Porcellio appela sa femme
à haute voix ; elle accourut aussitôt dans
la chambre de son mari. — « Ma femme, »
s'écria cet infâme scélérat, « fais-moi
» apporter un seau d'eau, et vite. »
Comme on lui demandait ce qu'il en
voulait faire : « Je veux, » dit-il, « étein-
» dre le feu qui brûle le Christ, puisque
» cet imbécile de Moine me dit qu'il l'a
» jeté dans une fournaise, » et il raconta
tout à sa femme, qui en eut du chagrin
à en mourir. Le Porcellio entra en con-
valescence et se guérit de son mal ; cette
histoire se répandit à la Cour et dans
Milan, de sorte que tout le monde le
montrait au doigt et qu'il fut contraint
de ne plus sortir de sa maison. On peut
croire qu'ayant vécu comme une bête,

il mourut comme une brute. Et en somme on dit avec raison : *Le loup a beau changer de poil, il ne change pas de vice.*

LE BANDELLO

A L'ILLUSTRE
SIGNORA CAMILLA GONZAGA
MARQUISE DE LA TRIPALDA

IL y a beau temps que je devais recevoir de vous une réponse aux trois lettres que je vous ai écrites depuis que vous êtes partie de Lombardie et que vous avez été à Naples. Je vous assure, par le respect que je vous ai toujours porté, que j'étais décidé à mettre fin à ma correspondance et à ne plus vous envoyer de lettres ; non pas que je sois très-susceptible ou plein d'orgueil, non pas que je vous estime à un moins haut degré qu'avant ou que je

*méconnaisse les qualités divines que vous
possédez, mais j'avais pris cette résolution afin de n'être pas pour vous une
cause de fatigue ou d'ennui. Et que
pouvais-je m'imaginer d'autre, sachant
que vous aviez reçu mes lettres et ne
voyant pas, après tant de jours écoulés,
venir un mot de vous? Souvenez-vous
que, lorsque vous étiez à Casalmaggiore
avec Madame votre mère, et moi à Cré-
mone, vous m'écriviez au moins deux
fois par semaine. Maintenant que j'ai
reçu, graces à Dieu, votre lettre toute
pleine d'amabilité et que vous vous êtes
si gracieusement et si bien excusée du
retard que vous avez mis à m'écrire,
je me tiens pour pleinement satisfait.
Et, à vous dire le vrai, si je croyais
recevoir toujours de vous, en échange
de trois de mes lettres, une lettre si
longue et si belle, je vous en écrirais
une dizaine par semaine. Si je me
suis plaint de vous en causant avec Madame votre mère ou avec le signor Fe-
derico et le signor Pirro, vos frères, je
m'en accuse de tout mon cœur; ce n'est*

pas de m'être plaint que je m'accuse
toutefois, mais bien d'avoir tant tardé
à le faire. Si j'avais crié plus tôt, ils
vous auraient par lettre transmis mes
plaintes plus vite qu'ils ne l'ont fait, et
j'aurais depuis longtemps ressenti le
plaisir si vif que j'éprouve aujourd'hui.
Quand vous mettrez maintenant quelque
négligence à me donner réponse, je saurai comment m'y prendre, puisque j'ai
trouvé un si bon moyen pour vous faire
entendre mes doléances. Je ne veux
pas, aujourd'hui, répondre point par
point à votre charmante lettre, je me
réserve pour le moment du départ de
Gabriele, votre fermier, que le signor
Pirro vous enverra à Naples dans huit
ou dix jours. Je réponds seulement à ce
passage où vous me demandez de vous
adresser quelqu'une de mes Nouvelles.
Notre ami Messer Giacomo Cappo étant
venu ici à Gazuolo, où je suis moi-même
depuis une dizaine de jours, et en ayant
raconté une que j'ai aussitôt écrite, je
l'ai recopiée et c'est celle-là que je vous
envoie par ce courrier-ci, car je n'ai avec

moi, pour le moment, ni Nouvelles ni Poésies. Je sais bien qu'il est inutile de vous dire de lui faire gracieux accueil et de l'aimer un peu, car vous avez toujours porté dans votre cœur mes petits travaux littéraires. Rappelez-vous ce que vous avez dit à ce sujet en vous promenant et en causant avec l'illustrissime Princesse de Mantoue. Il me reste à vous rappeler que je suis à vous autant que jamais, et que ni la distance des lieux, ni la longueur du temps ne pourront diminuer mon affection pour vous, ni le respect que vous m'inspirez. Portez-vous bien.

BAUDOUIN DE FLANDRE

s'empare en mer de Judith de France et l'épouse.

NOUVELLE VII

NE très-ancienne coutume des Rois de France était d'envoyer celui de leurs vassaux ou de leurs courtisans qui leur agréait le mieux, gouverner le pays de Flandre. Ils le nommaient le Forestier, parce que ce pays était tout couvert d'épaisses et immenses forêts, quand on commença de l'habiter. Plus tard, il eut tant d'habitants et fut si bien cultivé, tant de gens vinrent s'y fixer ou le traverser,

que c'est aujourd'hui une belle et célèbre province très-commerçante. Sous le règne de Charles, surnommé le Chauve, Roi de France, Empereur de Rome et fils de Louis le Pieux, un certain Baudouin, fils d'Adacquer, Forestier de Flandre, vivait à la Cour. C'était un beau et vaillant homme, un cavalier aussi accompli que n'importe lequel des courtisans qui formaient l'entourage royal ; le Roi et tout le monde l'aimaient. Comme il fréquentait assidûment la Cour, la bonne fortune, qui commençait à le favoriser pour l'élever au sommet des grandeurs, voulut qu'il conçut pour la fille du Roi tant d'amour qu'il ne pensait, jour et nuit, qu'à trouver le moyen de s'emparer de son cœur. Il ne savait ou ne pouvait vivre sans reposer ses yeux sur cette douce et adorable personne ; enfin, il se conduisit si bien et il sut mener ses affaires avec tant d'habileté, que la fille du Roi (elle avait nom Judith) ouvrit aussi son cœur aux flammes de l'amour et se mit à l'aimer hors de toute mesure. Baudouin, qui n'avait ni l'esprit ni les yeux dans ses poches, s'en aperçut, et se considéra comme le plus heureux et le plus fortuné mortel qui fût au monde ; il ne s'occupa plus que de joutes, de carrousels et de tout ce qu'il croyait propre à entretenir et accroître l'amour de sa Dame. Chaque fois qu'il lui parlait (et cela arrivait souvent à cause de la simplicité et de la familiarité dont on use en ce pays), il profitait de l'occasion et cherchait à lui peindre le mieux qu'il pouvait l'ardent amour qu'il ressentait pour sa grande beauté et pour ses rares perfections. Elle ne s'en montrait pas fâchée, elle l'assurait qu'elle ressentait aussi vivement que lui les brûlantes ardeurs de l'amour, et qu'elle ne désirait rien tant que de trouver un moyen convenable d'être pour toujours à lui.

Les choses en étaient là, quand parvint au Roi la nouvelle de la mort du Forestier Adacquer, père de Baudouin ; celui-ci en eut un grand chagrin et fut plongé dans le deuil. Le Roi devait envoyer quelqu'un en Flandre pour gouverner le pays ; après avoir bien

pesé tous les talents et mérites de ses
Barons et Courtisans, il se persuada que
personne n'était plus propre que Baudouin à exercer cette charge ; une chose
contribuait encore à le confirmer dans
cette opinion, c'est qu'il savait qu'Adacquer avait été chéri et révéré par les
Flamands, et que le souvenir du père
lui semblait devoir être très-utile au
fils. Ce projet arrêté et communiqué à
son Conseil, tout le monde approuva la
détermination du Roi. Il fit appeler Baudouin et lui dit : « Mon ami, je ne sau-
» rais te dire et tu ne saurais croire à
» quel point la mort de ton père m'a af-
» fligé. Je me trouve non-seulement
» avoir perdu un très-fidèle serviteur, ce
» qui est toujours fâcheux et nuisible,
» mais encore un Gouverneur de la
» Flandre, province dont l'importance
» est connue. Ton père l'a si bien admi-
» nistrée et s'est conduit de telle sorte
» avec les Flamands, qu'il leur semble
» avoir perdu non pas un Magistrat et
» un Préfet, mais un bon et tendre père.
» Il nous a donc paru bon, à mon

» Conseil et à moi, de te donner cette
» charge de Forestier; nous sommes
» sûrs que dans l'intérêt de la Couronne,
» et pour nous conserver ces popula-
» tions, tu sauras imiter ton père et te
» conduire avec honneur, de sorte que,
» les Flamands et moi, nous soyons très-
» contents de toi. De cette façon, la
» mort de ton père te sera moins dou-
» loureuse, puisque tu lui succèdes dans
» ses charges et dignités; elle me cha-
» grinera moins aussi, il me semblera
» non pas qu'Adacquer m'a manqué,
» mais que j'ai trouvé pour le remplacer
» quelqu'un qui vaut peut-être mieux
» que lui. Ces peuples aussi seront satis-
» faits; administrés par toi, il leur sem-
» blera qu'ils continuent à l'être par ton
» père, qu'ils aimaient tant. Prépare-toi
» donc afin de pouvoir te mettre en
» route quand je te l'ordonnerai. Quant
» à ton gouvernement, je n'ai rien à te
» dire qu'à t'engager à suivre les traces
» et les exemples de ton père; tu ne
» peux manquer d'être ainsi un juste, un
» excellent Gouverneur. »

Baudouin était, de sa nature, généreux et libéral, il avait fait de grandes dépenses en livrées et écharpes d'amour, pour habiller ses serviteurs aux couleurs que lui avait données la belle Judith. Le Roi ordonna donc à un de ses Trésoriers de lui compter dix mille francs, pour qu'il pût mieux régler ses affaires. Baudouin remercia le monarque, dans les meilleurs termes qu'il put trouver, de la bonne opinion qu'il avait de lui et de la preuve précieuse qu'il lui en donnait ; puis il le pria chaudement, mais avec le respect convenable, de confier à un personnage plus expérimenté que lui une si grande fonction ; il était jeune, disait-il, et mal préparé à un tel gouvernement ; il s'excusa aussi de recevoir de l'argent, et pria Sa Majesté de le tenir en réserve pour d'autres besoins. Le Roi n'accueillit pas ces excuses ; il voulut à toute force que Baudouin acceptât l'office et prît l'argent qu'il lui avait donné.

La nouvelle se répandit vite à la Cour et parvint aux oreilles de Judith, qui en ressentit un profond chagrin. Elle pensait qu'elle ne verrait plus son amant, car il était d'usage que les Gouverneurs de Flandre sortissent rarement de leur Province, et seulement en cas de nécessité absolue; elle était donc fort tourmentée et elle ne pouvait pas se consoler. Sa douleur était d'autant plus vive qu'il lui fallait la tenir cachée, pour ne pas faire connaître à tout le monde sa fervente passion. D'un autre côté, l'amoureux Baudouin, pour lequel un doux regard et une tendre parole de sa bien-aimée étaient choses plus précieuses que toutes les Flandres et tous les gouvernements du monde, se consumait de tristesse. La raison et le devoir voulaient qu'il se réjouît de l'affection que lui portait son Roi et d'une si haute position ; cependant, il se désolait en pensant à son amour et à ses désirs, car il savait bien qu'il allait être privé de la vue de celle qu'il aimait pardessus tout. Il vivait donc fort tristement et manifestait le vif regret qu'il avait de partir ; toute la Cour s'étonnait

de le voir si mélancolique, et l'on trouvait qu'il aurait dû être joyeux, puisqu'il
obtenait, tout jeune encore, une dignité
que les premiers Barons de France auraient acceptée avec grand plaisir; car,
outre l'honneur (et il était grand), l'uti-
lité et les profits que l'on tirait d'un tel
Gouvernement ne se pouvaient estimer.
Si on lui demandait la cause de ce violent chagrin, il répondait qu'il se re-
connaissait insuffisant pour une si grande
entreprise. Judith aussi était profondément triste, mais elle n'osait pas (nous
l'avons déjà dit) montrer au dehors ce
qu'elle cachait dans son cœur. Elle se
plaignait amèrement à Baudouin quand
ils parlaient en secret, il s'excusait de
ne pas pouvoir faire autrement; il lui
disait qu'il resterait éternellement son
serviteur et que jamais il n'aimerait une
autre femme. Il y avait à la Cour quelques personnes qui pensaient bien que
Baudouin était amoureux, mais elles ne
découvrirent pas la vérité; les deux
amants s'étaient conduits avec tant de
réserve que personne ne soupçonna que

Judith fût celle qu'aimait Baudouin. Ce qui lui faisait le plus de peine, à elle, c'est qu'il lui fallait quelquefois exhorter son amant à obéir au Roi.

Le jour vint où, après avoir pris congé du Roi, Baudouin dut partir; ce fut pour Judith une si grande douleur qu'elle en tomba malade, et qu'elle fut plusieurs jours fort mal; les médecins qui la soignaient, si habiles qu'ils fussent, n'y connaissaient rien. Si Érasistrate et Théombrote s'étaient trouvés là, peut-être auraient-ils facilement reconnu le mal dont elle souffrait. Il est certain que Judith était brûlée par le plus ardent amour, car elle n'avait jamais goûté ce bonheur suprême après lequel soupirent les amoureux. Je ne veux pas m'arrêter à ce que se dirent les deux amants au moment du départ, combien de larmes ils versèrent, combien de soupirs ils échangèrent, pendant que Baudouin prenait de nuit, à une fenêtre, congé de sa bien-aimée.

Quand il fut parti et arrivé en Flandre, il fut reçu avec honneur par les

gens du pays à cause de la mémoire de
son père. Puis il gouverna avec tant
d'habileté, en suivant l'exemple pater-
nel, il sut se comporter si bien avec
chacun, selon sa condition, qu'il ne
tarda pas à être chéri de tout le monde.
Mais ni les honneurs, ni les grandeurs,
ni les profits, n'eurent assez de puissance, je ne dirai pas pour éteindre les
flammes qui le dévoraient, mais pour en
diminuer seulement quelque peu l'ardeur. Pendant qu'il était dans ces dispositions, il arriva qu'Ethelwulf, roi
d'Angleterre, passa par la France en
revenant de Rome, et le Roi lui promit sa fille Judith pour femme. En dépit d'elle-même et malgré sa colère, Judith fut forcée de suivre la volonté de son
père, elle fut mariée et alla en Angleterre avec son mari ; elle passa avec lui
environ six mois, au bout desquels il
tomba malade et mourut. Elle en pré-
vint son père en le suppliant de l'envoyer
chercher, parce qu'elle voulait revenir
en France. D'un autre côté, elle dépê-
cha en toute hâte un messager fidèle à

I

23

Baudouin : elle l'informait qu'elle était
sur le point de se mettre en mer pour
rentrer en France, et qu'elle verrait bien
cette fois s'il l'aimait autant qu'il le disait, lui faisant ainsi comprendre clairement ce qu'elle désirait qu'il fît. Quand
Baudouin connut tout ce que sa Dame
lui écrivait et lui faisait dire, son cœur
s'enflamma, il résolut de s'exposer sans
crainte aucune à tous les dangers; il
écrivit à Judith et lui fit dire qu'il lui
montrerait cette fois qu'il l'aimait plus
que la vie, quoi qu'il dût ensuite arriver.
Il renvoya le messager en Angleterre, et
en le congédiant, il lui dit : « Va et
» recommande-moi à ta maîtresse, qui
» est aussi la mienne; dis-lui que je suis
» prêt à faire tout ce qu'elle m'or-
» donne. Je sais bien que tout le monde
» me tiendra pour traître à mon Roi,
» qui m'a comblé de biens et d'honneurs,
» et que tous me blâmeront. Mais qu'y
» puis-je faire, si ma Dame et mon
» amour, que je mets bien au-dessus de
» l'Empereur et de moi-même, le veu-
» lent et m'en font une loi ? Il me faut

» obéir à ma Dame et à l'Amour : je
» leur obéirai; au surplus, ma vie ne
» pourra jamais être plus misérable
» qu'elle ne l'est aujourd'hui. » Le messager partit, porteur de cette lettre et de
ces paroles, et vint retrouver Judith,
qui, en apprenant la détermination de
son amant, éprouva une vive joie.

En attendant, Baudouin fit armer
quelques navires et préparer ce qui lui
parut être utile au succès de l'entreprise
qu'il entendait mener à bonne fin, le
tout le plus secrètement qu'il put, afin
que personne ne sût ce dont il s'agissait.
Il y avait en ce moment en Flandre
quelques galères Génoises; il se mit
secrètement en rapport avec leurs pa-
trons et les paya largement pour pouvoir ensuite s'en servir quand il en
aurait besoin. Il entretenait des espions
en Angleterre pour savoir quand sa
Dame partirait, et n'attendait qu'un mot;
une heure lui paraissait mille années,
tant il lui tardait d'en venir à l'action,
et il avait le ferme espoir de conquérir
enfin sa Dame bien-aimée. Les choses

en étaient là ; le Roi Charles ne suppo-
sait pas que rien pût troubler le retour
de sa fille en France ; il s'appliquait seulement à préparer le voyage pour qu'il
se fît brillamment, avec l'appareil qui
convenait à la fille d'un Empereur et à
la veuve d'un Roi d'Angleterre. Il réunit,
pour l'escorter, une nombreuse compagnie de Prélats et de Barons, de Dames
et de Princesses. Les Seigneurs Français
arrivèrent en Angleterre avec leur navire
sans avoir été contrariés par les vents ; ils
y trouvèrent la Reine toute prête à
s'embarquer, quelques Seigneurs Anglais
et quelques Dames s'étaient joints à elle
pour l'accompagner en France. Peu de
temps après, Anglais et Français de compagnie s'embarquèrent avec la Reine et
les autres Dames sur deux navires ; on
mit les voiles au vent et on commença à
naviguer. Baudouin, qui se tenait au
courant de tout, prit la mer, lui aussi,
avec ses galères et ses autres vaisseaux qui étaient largement pourvus. Il
avait à bord de ses navires beaucoup
d'hommes habiles, endurcis à la mer et

aux combats navals; il navigua jusqu'à
un certain endroit où il savait que la
Reine devait passer, et, l'œil au guet,
attendit son arrivée. Cela ne tarda
guère : il était depuis peu à son poste,
quand parurent au loin les deux bâtiments qui avançaient avec lenteur à
cause de la faiblesse du vent. A cette
vue, il descendit dans une barque et alla
de navire en navire exhorter les siens à
se conduire vaillamment. Il leur assurait
qu'ils ne trouveraient d'ailleurs sur les
deux vaisseaux aucune résistance et
qu'ils n'auraient même pas à se battre,
par la raison que ces navires qu'ils
voyaient avancer si lentement faute de
vent, ne contenaient pas d'hommes de
guerre. Il avait en outre réparti, sur les
galères et sur ses autres vaisseaux, quelques-uns de ses plus intimes affidés qui,
connaissant ses désirs, s'en allaient promettant les plus riches présents à ceux
qui combattraient avec courage, s'il fallait en venir aux mains.

Quand tout fut en ordre, Baudouin,
chef de la flotte, dirigea toutes ses forces

de manière à entourer les deux vaisseaux que le calme maintenait presque immo‑ biles, et il les enveloppa si bien et en si peu de temps, que les Français et les An‑ glais furent tout effrayés en voyant une flotte si bien équipée et pleine d'hommes d'armes prêts à combattre, qui les provo‑ quaient en leur criant : « Aux armes, » aux armes ! » Il leur fut enjoint à ce moment de plier les voiles et de se ren‑ dre prisonniers, s'ils ne voulaient pas être tous massacrés et jetés dans la mer en pâture aux poissons. Les Français de‑ mandèrent qui était le chef de cette flot‑ tille, pour savoir à qui ils avaient à faire. Baudouin se montra aussitôt, et, sau‑ tant sur le château de poupe d'un de ses bâtiments, qui se trouvait près des vais‑ seaux ennemis, il dit à haute voix : « Sei‑ » gneurs, je suis Baudouin, Forestier de » Flandre ; je suis venu vous attaquer » pour vous faire tous prisonniers ; donc » rendez-vous ou défendez-vous, car » autrement vous ne pouvez en réchap‑ » per. » Les Seigneurs Français lui répondirent aussitôt que sur leurs navi‑

res se trouvait la fille de leur Roi et du sien ; qu'ils la ramenaient en France parce que, comme il devait le savoir, le Roi d'Angleterre était mort et Madame Judith restée veuve. Baudouin répliqua :
—« Messeigneurs, vous errez étrangement
» si vous croyez que je suis venu, comme
» un pirate, vous attaquer pour m'enri-
» chir et vous piller, ou comme un
» misérable assassin, pour tremper mes
» mains dans le sang. Je ne veux et ne
» désire ni l'un ni l'autre ; ce ne sont
» pas des affaires de ce genre qui m'ont
» mis en mouvement, et qui m'ont fait
» armer cette flotte montée par tant de
» vaillants compagnons, que vous voyez.
» Pour ne pas vous tenir en suspens et
» pour vous dire tout de suite mes inten-
» tions, sachez bien que l'amour seul
» m'a mis les armes à la main ; c'est lui
» seul qui, dans cette entreprise, me
» conseille, me gouverne et m'enseigne
» tout ce qu'il me faut exécuter. L'a-
» mour est mon pilote, mon guide, mon
» capitaine, c'est par lui que j'espère
» arriver à mes fins. Ce que je cherche

» au prix de tant de fatigues, et ce que
» je veux recevoir de vous, c'est Ma-
» dame la Reine Judith, que vous avez
» prise en Angleterre avec ces navires et
» que vous ramenez en France. Si vous
» voulez me la livrer pacifiquement et
» sans combat, vous ne serez pas autre-
» ment inquiétés, il ne vous sera pas
» pris seulement la valeur d'un sou, et
» vous pourrez aller librement où vous
» voudrez. Dans votre intérêt, je vous
» conseille donc de me la livrer, puis-
» que, vous le voyez bien, il vous est
» impossible d'empêcher que je la
» prenne. Mais si vous êtes assez fous
» pour vouloir me résister et ne me la
» laisser sans bataille, préparez-vous à
» vous défendre, combattez le plus vail-
» lamment que vous pourrez, car je vous
» promets et je vous assure par ma foi
» qu'en aucun cas je ne m'éloignerai sans
» avoir Madame Judith en mon pouvoir.
» Choisissez maintenant le parti qui
» vous conviendra le mieux : la guerre
» et la paix sont à votre disposition ;
» prenez ce qui vous plaira davantage. »

Il y avait auprès de la Reine quelques Barons Français, amis et compagnons de Baudouin, qui, l'ayant reconnu et ayant entendu ses paroles, demeurèrent plongés dans un profond étonnement et lui dirent : — « Eh! Monseigneur le Fores- » tier, quelles paroles osez-vous pronon- » cer ? Quelle intention est la vôtre ? » Avez-vous perdu le sens ? Est-ce là la » foi que vous devez à votre Roi ? Est-ce » là l'hommage que vous lui rendez ? » Croyez-vous que le Roi laissera impu- » nie une si grande scélératesse ? » Ils voulaient en dire plus long, mais Baudouin leur coupa la parole et leur dit d'un ton altier : — « Ou livrez-moi ma » Dame, ou prenez les armes pour me » l'enlever. » Les Seigneurs, qui se voyaient mal en point pour combattre, tinrent conseil ; ils firent venir la Dame en leur présence et lui dirent ce qu'exi- geait le Forestier ; puis ils lui deman- dèrent ce qu'elle entendait faire. — « S'il » veut de moi pour femme, » s'écria-t- elle joyeusement, « je veux de lui pour » mari, et quand vous serez devant le

» Roi, mon père, vous lui direz que,
» sans avoir égard à ma jeunesse (j'avais
» à peine dix-neuf ans), il m'a donné
» pour mari un homme qui avait de sa
» première femme trois fils dont le plus
» jeune (qui est ici avec moi) est plus âgé
» que moi-même. Maintenant que le roi
» Ethelwulf est mort, je me suis pourvue
» et, pendant que j'étais encore en An-
» gleterre, j'ai pris pour mari Monsei-
» gneur le Forestier, dont l'âge est en
» rapport avec le mien, qui m'a méritée
» par son courage et qui m'aime. Je lui
» ai écrit de ne pas manquer de venir
» me prendre, comme il me prend en
» effet, et j'entends être toute à lui pour
» toujours. » Si les Français avaient
été d'abord stupéfaits des paroles de
Baudouin, ils demeurèrent abasourdis
en entendant la Princesse, que son
amant épousa en présence de tous. Celui-
ci, heureux au delà de toute expression
du bien qu'il avait acquis, emmena sa
femme sur ses galères, il y fit transporter
aussi ses effets et ceux des demoiselles
qui la voulurent suivre. Puis il invita

tous les Seigneurs à faire escale en Flandre et à honorer de leur présence les
noces de la Princesse ; mais ils conti-
nuèrent leur voyage vers la France, et
Baudouin, à son arrivée en Flandre,
célébra les noces fort brillamment.

Quand le roi Charles apprit cette aventure, il se troubla fort, mais comme il
allait déclarer la guerre à Baudouin, il
fut obligé de tourner ses armes contre
l'Italie, où ses deux neveux, Charles le
Gros et son frère, avaient levé contre lui
de nombreuses troupes pour lui arracher
l'Empire Romain et continuer la lutte
commencée par leur père. Il fit donc la
paix avec Baudouin et, de Forestier, il
le créa Comte de Flandre, et lui en
donna l'investiture pour lui et ses descendants : c'était la dot qu'il assignait à
Madame Judith, sa fille. Alors Baudouin
forma des corps de Flamands qu'il envoya à son beau-père : le Roi Charles
passa les Alpes avec eux et entra en
Italie ; il fut battu en bataille rangée par
ses neveux dans la plaine de Vérone et
se réfugia dans notre ville de Mantoue,

où il tomba gravement malade de la
douleur que lui causa sa défaite. Charles
le Chauve avait un médecin Juif, nommé
Sédécias, qu'il menait toujours avec lui,
et qui, gagné par l'argent de ses neveux,
lui administra un poison dont il mourut.
Quand Baudouin apprit la mort de son
beau-père, il sut si bien se comporter
avec Louis le Bègue, son beau-frère,
successeur de Charles au royaume de
France, qu'il resta paisible possesseur de
la Flandre. Il eut beaucoup d'enfants, il
vécut heureux de longues années avec
sa bien-aimée Judith, et sa lignée s'est
perpétuée à travers les siècles. Un de ses
descendants fut ce Baudouin, Comte de
Flandre, qui, s'étant rendu illustre par
ses talents et par ses vertus militaires,
fut, en l'an de notre salut 1202, créé,
par le libre choix d'un grand nombre de
Princes Chrétiens, Empereur de Con-
stantinople.

Telle fut donc la fin des amours de
Baudouin et de Judith ; peut-être n'au-
rait-elle pas été la même si Charles
n'avait pas eu de guerre à soutenir. Si

l'audace et la témérité lui ont bien réussi, personne ne doit se fier à un pareil exemple, ni se risquer à faire de si grands outrages à son Prince.

LE BANDELLO

A L'ILLUSTRISSIME ET RÉVÉRENDISSIME

MONSEIGNEUR PIRRO GONZAGA

CARDINAL

'IL *était d'usage, à notre époque, très-honoré Seigneur, de recueillir par écrit, avec le soin qu'y ont mis longtemps les Grecs et les Romains, tous les faits dignes de mémoire, je me persuade que notre âge mériterait autant d'éloges que les âges anciens, si loués et si vantés par les auteurs. En ce qui concerne la peinture et la sculpture, par exemple, si nos peintres et nos sculpteurs ne doivent pas être préférés à ceux de l'antiquité, ils reste-*

ront au moins leurs égaux. Pour les belles-lettres, je ne crois pas que nous devions céder la place aux anciens Orateurs, aux Poètes, aux Philosophes et aux autres écrivains, tant Latins que Grecs : nous les valons bien, assurément. Dans quels temps l'art militaire fut-il plus en honneur que dans le nôtre? Certainement, si Alexandre le Grand, Pyrrhus, Annibal et Philopœmen, Q. Fabius Maximus, les Scipions, ces foudres de guerre, Marcellus, le grand Pompée, César et tant d'autres illustres héros étaient vivants et voyaient combattre comme on le fait aujourd'hui, avec le soufre, le salpêtre et le charbon, ils resteraient émerveillés, ils cèderaient le pas à un grand nombre de nos capitaines et ils reconnaîtraient chez nos simples soldats autant de valeur, de courage et d'habileté qu'ils en virent autrefois chez les leurs. Mais le malheur est que de notre temps personne ne prend plaisir à écrire tout ce qui arrive; nous perdons ainsi beaucoup de belles et fines paroles, les nobles et mémorables *actions restent ensevelies au fond des ténèbres de l'oubli. Et cependant il se passe continuellement des faits très-remarquables, dignes d'être conservés à la mémoire de la postérité ; j'en veux prendre aujourd'hui pour exemple un qui est survenu, dans ces derniers temps, à Gazuolo.*

J'étais allé présenter mes respects à mon noble Seigneur Pirro Gonzaga, votre oncle, et, comme nous causions de choses et d'autres, il pria mon excellent Compère Messer Gian Matteo Olivo, qui est un peu poète, de narrer cette aventure. Vous étiez présent vous-même quand mon Compère la raconta, et vous fîtes observer que si le fait avait eu lieu dans les temps anciens, Giulia de Gazuolo se verrait célébrée et chantée non moins que Lucrèce, la célèbre Romaine ; pourtant on ajoutait que Giulia était d'une naissance trop obscure. Je m'occupe maintenant à réunir mes Nouvelles et j'ai voulu que celle-ci, écrite par moi sur l'heure, se distinguât des autres en se présentant armée de votre

noble et illustre nom, afin que vous sa-
chiez combien j'ai conservé bonne mé-
moire de vous. Et comment pourrais-je
faire autrement, puisque vous m'avez
toujours aimé et honoré plus que je ne le
mérite? Je désire qu'il se présente une
autre occasion que celle-ci de vous expri-
mer ma reconnaissance, et de vous faire
voir la sincérité de l'attachement que je
porte à votre personne et à toute votre
illustrissime famille, dont j'ai reçu et
dont je reçois chaque jour tant d'honneur
et de satisfaction. Portez-vous bien.

I 24.

GIULIA DE GAZUOLO

après avoir été violée, se jette et se noie dans l'Oglio.

NOUVELLE VIII

 ONSEIGNEUR Pirro, marquis de Gonzaga et Prince de Gazuolo, ville que vous voyez d'ici posée sur la rive de l'Oglio, en face du Pô, et qui pendant une longue série d'années appartint à la maison de Gonzaga, veut (gracieux Seigneur et vous, aimables compagnons) que je vous raconte le terrible événement qui amena, il n'y a pas longtemps, la mort d'une certaine Giulia, de cette ville. Notre illustrissime

Seigneur pouvait beaucoup mieux que moi raconter cette aventure. Il y a ici bien d'autres personnes encore qui ont connu comme moi tous les détails de cette affaire et qui pourraient parfaitement la raconter. Mais puisqu'il me commande de parler, je veux et je dois lui obéir. Je regrette bien d'être insuffisant pour louer le noble et généreux courage de Giulia, comme le mérite l'étonnante action qu'elle accomplit.

Vous saurez donc que pendant que l'illustrissime et révérendissime Monseigneur Lodovico Gonzaga, Évêque de Mantoue, prince sage et libéral, habitait ici à Gazuolo, il y entretenait une Cour brillante, composée de beaucoup de sages gentilshommes, comme il convenait à un vertueux Évêque, et qu'il faisait de larges dépenses. Il y avait alors à Gazuolo une jeune fille de dix-sept ans, nommée Giulia, enfant d'un fort pauvre homme de cette ville, de basse extraction ; il n'avait que ses bras et travaillait et se fatiguait tout le long du jour pour gagner sa vie, celle de sa femme et des deux seules filles qu'il eût. La femme, qui était une bonne créature, travaillait aussi pour gagner quelque chose en filant ou en se livrant à d'autres travaux du même genre. Giulia était très-belle, de manières gracieuses et beaucoup plus jolie qu'il ne convenait à une personne de son état. Elle allait aux champs, tantôt avec sa mère, tantôt avec d'autres femmes, pour labourer ou faire ce que comportait la saison. Il me souvient qu'un jour je me trouvais avec l'excellentissime Dame Antonia Bauzia, mère de nos illustrissimes Seigneurs, et sur le chemin de San-Bartolomeo, nous rencontrâmes Giulia qui, un panier sur la tête, s'en retournait toute seule à la maison. Madame, en voyant cette belle fille qui pouvait avoir environ quinze ans, fit arrêter son carrosse, et lui demanda de qui elle était la fille. Elle répondit modestement et dit le nom de son père; à toutes les questions de Madame, elle fit des réponses fort convenables, si bien qu'elle ne paraissait pas être née et avoir été élevée dans une cabane et sous un toit de chaume, mais bien avoir passé toute sa vie à la Cour. Madame me dit qu'elle voulait la prendre chez elle et la faire élever avec les autres demoiselles. Je ne saurais vous dire pourquoi ce projet n'eut pas de suite. Je reviens à Giulia ; les jours où l'on travaille, elle ne perdait jamais de temps, elle était sans cesse occupée, soit seule, soit en compagnie. Les jours de fête, après le dîner, selon la coutume du pays, elle allait à la danse avec d'autres jeunes filles et prenait honnêtement quelque plaisir.

Or un jour, comme elle avait à peu près dix-sept ans, un Camérier de Monseigneur l'Évêque (c'était un Ferrarais), la voyant danser, trouva que c'était la plus gracieuse et la plus belle jeune fille qu'il eût vue depuis longtemps, et qu'elle paraissait, comme je l'ai déjà dit, avoir été élevée dans les plus nobles maisons. Il s'éprit d'elle, et si follement, qu'il ne pouvait plus penser à autre chose. La danse finie (elle avait paru bien longue au Camérier), quand le son des instruments en annonça une autre, il l'invita et dansa avec elle une gaillarde. Giulia la dansait très-bien et si parfaitement en mesure qu'on faisait cercle pour la voir et pour admirer la grâce de ses mouvements. Le Camérier dansa à plusieurs reprises avec elle, et, s'il n'avait été retenu par une sorte de pudeur, il l'aurait invitée toutes les fois, car il lui semblait ressentir, quand il la tenait par la main, le plus grand plaisir qu'il eût encore éprouvé en ce monde. Quoiqu'elle travaillât tout le jour, elle avait la main blanche et douce. Le malheureux amant, si subitement enflammé pour elle et sa beauté, croyait, en la contemplant, amortir l'ardeur naissante qui le dévorait déjà ; il ne s'apercevait pas qu'il la rendait peu à peu plus forte et qu'il attisait le feu en la regardant. En dansant avec elle pour la seconde et pour la troisième fois, le jeune homme lui adressa souvent la parole, selon l'usage des nouveaux amants. Elle lui répondit toujours avec beaucoup de sagesse, disant qu'elle ne voulait pas

entendre parler d'amour, parce qu'il ne
convenait pas à une pauvre jeune fille
comme elle de prêter l'oreille à semblable
langage ; et l'importun Ferrarais ne put
arriver à tirer d'elle autre chose. Les
danses terminées, le Ferrarais la suivit
pour savoir où elle demeurait. Il eut
plusieurs fois, tant à Gazuolo qu'au
dehors, l'occasion de parler à Giulia et
de lui découvrir son amour passionné ;
il s'efforçait de la persuader et de lui
faire partager sa flamme. Mais, quoi qu'il
pût lui dire, il ne la décida jamais à
se départir le moins du monde de sa
chaste réserve : au contraire, elle le
priait vivement de la laisser tranquille et
de ne plus l'ennuyer. Mais le pauvre
amant, dont les ardents désirs ron-
geaient le cœur, s'enflammait d'autant
plus qu'il la trouvait plus dure et plus
froide ; il la suivait avec plus d'importu-
nité que jamais et faisait tous ses efforts
pour la rendre favorable à ses vœux,
bien que tout cela fût en pure perte. Il
lui fit parler par une vieille (qu'on aurait
prise pour une Sainte Nitouche), laquelle

s'acquitta de sa commission avec le plus grand zèle et s'efforça, par ses discours et ses flatteries, de vaincre la ferme résistance de la chaste Giulia. Mais la jeune fille était si profondément honnête, que jamais un des propos que lui tenait la coquine de vieille ne put pénétrer jusqu'à son cœur. Quand le Ferrarais sut cela, il tomba dans un grand désespoir : il ne pouvait se résoudre à renoncer à son amour ; il espérait qu'à force de prières, d'assiduité, d'ardeur et de persévérance, il arriverait à amollir le cœur de Giulia, et il lui semblait impossible de ne pás l'obtenir avec le temps. Il comptait, comme dit le proverbe, sans son hôte. De jour en jour Giulia se montrait plus sévère ; quand elle l'apercevait, elle le fuyait comme un serpent ; il voulut éprouver alors, si là où les soins et les paroles avaient échoué, les dons réussiraient mieux ; il se réservait, comme dernier moyen, d'employer la force. Il retourna parler à la vieille scélérate et lui donna quelques petits objets, sans grande valeur, pour les por-

ter de sa part à Giulia. La vieille trouva
Giulia seule et, voulant mettre le Ferrarais sur le tapis, commença par lui
montrer les cadeaux qu'il lui envoyait.
Mais l'honnête jeune fille saisit tout
ce qu'elle lui avait apporté et le jeta
hors de la maison sur la voie publique ;
elle chassa la misérable coquine et lui
déclara que, si jamais elle revenait lui parler, elle irait au château en avertir Madame Antonia. La vieille ramassa tout
ce qui était dans la rue, et alla retrouver le Ferrarais, lui disant qu'il était
impossible de gagner cette jeune fille
et qu'elle ne savait plus que faire. Le
jeune homme fut aussi désolé de cette
nouvelle qu'on peut se l'imaginer. Il
aurait volontiers abandonné son entreprise, mais, à la seule idée de renoncer à
son amour, il se sentait mourir. Enfin
le malheureux, aveuglé par la passion,
et ne pouvant supporter de se voir ainsi
méprisé, résolut (quoi qu'il dût arriver)
de prendre de vive force, s'il se présen-
tait une occasion favorable, ce que Giulia
ne voulait pas lui accorder de bon gré.

Il y avait à la cour un estafier de Monseigneur l'Évêque, très-lié avec le Ferrarais, et qui, si mes souvenirs sont exacts, était, lui aussi, de Ferrare. Le Camérier lui découvrit l'amour ardent qu'il éprouvait, et lui raconta toutes les peines qu'il avait prises pour faire entrer au cœur de la jeune fille un peu de compassion; il ajouta qu'elle s'était toujours montrée plus rude, plus dure qu'un rocher, et qu'il n'avait jamais pu la faire céder, ni en lui parlant, ni en lui faisant des cadeaux. « Maintenant, » dit-il, « je vois » que je ne puis vivre sans satisfaire » mes désirs et, sachant combien tu » m'aimes, je te prie de venir à mon » secours et de m'aider à obtenir ce que » je veux si ardemment. Elle va souvent » vent seule aux champs; les blés sont » assez hauts déjà, nous pourrons facile-» ment venir à bout de notre projet. » L'estafier, sans autrement réfléchir, lui promit d'être toujours prêt à faire tout ce qu'il voudrait. Le Camérier se mit donc à épier constamment ce que faisait Giulia, et il la vit un jour sortir toute seule de Gazuolo. Aussitôt il appela son ami et se dirigea vers le champ où elle était occupée à je ne sais quelle besogne. Arrivé là, il commença, comme d'habitude, à la supplier de vouloir bien avoir enfin pitié de lui. La jeune fille, se voyant seule, pria le jeune homme de ne plus l'ennuyer et, se méfiant de quelque chose, elle reprit le chemin de Gazuolo. Le Ferrarais, qui ne voulait pas laisser échapper sa proie, feignit de vouloir lui tenir compagnie avec son ami, et continua de la prier amicalement, avec les paroles les plus humbles et les plus amoureuses, d'avoir pitié de ses peines. La jeune fille, s'étant mise en route, se dirigea en toute hâte vers sa maison ; elle marchait sans répondre à ce que le jeune homme lui disait ; enfin, ils arrivèrent à un grand champ de blé qu'il fallait traverser. C'était l'avant-dernier jour de Mai, il pouvait être à peu près midi ; le soleil était fort chaud pour la saison et le champ se trouvait assez éloigné de toute habitation. Quand ils y furent entrés, le Ferrarais entoura de ses bras le

cou de Giulia et la voulut baiser; elle se
mit à fuir en criant à l'aide, mais l'estafier la saisit, la jeta par terre, et lui
mit aussitôt un bâillon sur la bouche, pour
l'empêcher de crier. Puis tous deux l'enle-
vèrent et la portèrent de vive force à quelque distance du sentier qui traversait le
champ; alors l'estafier lui tint les mains et
l'enragé jeune homme déflora la pauvre
fille, qui était bâillonnée et ne pouvait se défendre. La malheureuse pleurait amèrement et manifestait par des
sanglots et des gémissements l'épouvantable chagrin qu'elle éprouvait. Le cruel
renouvela une seconde fois, malgré elle,
ses amoureux ébats, et prit autant de
plaisir qu'il voulut. Il lui fit ensuite ôter
son bâillon, et chercha à la calmer par
des paroles d'amour, lui promettant de
ne jamais l'abandonner et de l'aider à se
marier, pour lui faire un sort heureux.
Elle ne disait rien, sinon qu'on voulût
bien la lâcher et la laisser rentrer chez
elle, tout en pleurant à chaudes larmes.
Le jeune homme essaya encore de la
calmer par de bonnes paroles, de belles

promesses, même en lui offrant de l'argent tout de suite ; mais c'était parler à une sourde. Plus il s'efforçait de la consoler, plus étaient abondantes les larmes qu'elle versait. Voyant qu'il ne cessait de lui parler, elle lui dit : « Jeune » homme, tu as fait de moi tout ce que » tu as voulu et tu as satisfait ton appétit » brutal ; je te prie en grace de me lâ- » cher maintenant et de me laisser aller. » Contente-toi de ce que tu as fait, c'est » bien trop encore, en vérité. » L'amant, qui craignait d'être trahi par les sanglots de Giulia, s'apercevant qu'il perdait sa peine, se décida à la laisser aller et partit avec son compagnon.

Giulia, après avoir pleuré longtemps sa virginité perdue, rattacha ses vêtements qui étaient dénoués, et s'essuya les yeux du mieux qu'elle put ; puis elle s'en revint vite à Gazuolo et rentra dans sa maison. Ni son père ni sa mère n'y étaient ; il ne s'y trouvait, pour le moment, que sa sœur, âgée de dix ou onze ans et qui, un peu malade, n'avait pu sortir. A peine arrivée chez elle, Giulia ouvrit un coffre où elle rangeait le peu de hardes qu'elle avait. Elle se débarrassa de tous les vêtements qu'elle portait et prit une chemise propre, qu'elle mit. Elle revêtit ensuite sa camisole de basin blanc comme neige, une blanche collerette de gaze et le tablier de crêpe bleu qu'elle avait l'habitude de ne porter qu'aux jours de fête. Elle se mit encore une paire de bas de soie blanche et de souliers rouges. Puis elle se coiffa avec un grand soin et suspendit à son cou un collier d'ambre jaune. Enfin elle se para de tout ce qu'elle avait de plus beau, comme si elle eût voulu se montrer au public le jour de la fête la plus solennelle de Gazuolo. Cela fait, elle appela sa sœur et lui donna tout le reste de ce qu'elle possédait, la prit par la main et, après avoir fermé sa porte, se rendit à la maison d'une voisine, femme âgée, qui gardait le lit parce qu'elle était infirme. Giulia raconta en pleurant à cette bonne femme le malheur qui lui était arrivé. « Que Dieu ne

» permette pas que je reste en vie, »
dit-elle, « maintenant que j'ai perdu
» l'honneur, qui était pour moi la
» vie même! Il ne faut pas que per-
» sonne me montre au doigt et dise en
» ma présence : Voici une gentille en-
» fant qui est devenue une catin et qui a
» déshonoré sa famille ; si elle se rendait
» justice, elle devrait se cacher. Je ne
» veux pas que personne puisse dire
» aux miens que j'ai volontairement
» cédé à ce Camérier. Ma mort prou-
» vera à tout le monde de la façon la
» plus claire, la plus éclatante, que si
» mon corps a été pris de force, mon
» cœur est resté pur. J'ai voulu vous dire
» ces quelques mots pour que vous puis-
» siez faire à mes malheureux parents
» un rapport fidèle, et leur assurer que je
» n'ai jamais consenti à me prêter aux
» appétits brutaux du Camérier. Vivez
» en paix. »

Ces paroles dites, Giulia sortit et se
dirigea vers l'Oglio; sa petite sœur la
suivait en pleurant, ne sachant pas de
quoi il s'agissait. Quand la jeune fille

arriva sur les bords du fleuve, elle se
lança, la tête la première, au plus profond de l'Oglio. Aux cris que poussa sa
sœur, si fort qu'ils allèrent jusqu'au
ciel, une foule de gens accoururent,
mais trop tard, parce que Giulia, qui
s'était jetée volontairement dans le fleuve
pour se noyer, n'avait pas cherché à se
soutenir et s'y était enfoncée. Monseigneur l'Évêque et Madame, quand ils
apprirent cette funeste aventure, firent
rechercher son corps. Alors le Camérier s'enfuit, de concert avec l'estafier. Le cadavre fut retrouvé ; quand on
sut pourquoi la pauvre fille s'était donné
la mort, ce fut dans tout le pays, parmi
les femmes et même parmi les hommes,
un deuil universel ; tout le monde pleura
son sort. L'illustrissime et Révérendissime Seigneur Évêque, ne pouvant l'enterrer en terre sainte, la fit mettre sur
la place dans un caveau qui s'y trouve
encore, et résolut de la faire ensevelir
dans une tombe de bronze, et de faire
poser sur un piédestal ce sépulcre de
marbre qu'on peut voir sur la place.

Et en vérité, à mon avis (prenez-le pour ce qu'il vaut), cette pauvre Giulia, notre compatriote, ne mérite pas moins d'éloges que la Lucrèce Romaine : peut-être même (si l'on pèse bien toutes les circonstances) doit-elle lui être préférée. On pourrait seulement reprocher à la nature de n'avoir pas donné à une âme si vaillante et si généreuse, une plus noble origine. Mais on tient toujours pour assez noble quiconque aime la vertu et met l'honneur au-dessus de tous les biens de ce monde.

LE BANDELLO

AU MAGNIFIQUE

MESSIRE LANCINO CURZIO

PHILOSOPHE ET POÈTE

 *E ne crois pas que vous ayez oublié l'intéressante discussion qui nous amusa tant ces jours passés, chez notre vertueux et juste Giacomo Antiquario, Protonotaire apostolique, révéré du monde entier et chéri de nous. Le sujet en était tel, qu'il n'a pu vous sortir facilement de la mémoire. Nous demandions comment il se fait qu'on voie chaque jour tant d'honnêtes Dames commettre des fautes d'autant plus graves qu'on les croit plus sages et plus avisées,*

et perdre ainsi en un instant toute leur bonne renommée. L'une, pour avoir le champ libre et satisfaire ses appétits, empoisonne son époux, comme si elle espérait, étant veuve, pouvoir faire tout ce qui lui plaît. L'autre, craignant que son mari ne découvre ses amours, le fait assassiner par son amant; elles commettent mille autres actions qui, loin d'être bonnes, sont infâmes et honteuses. Et quoique les pères, les frères et les maris, pour s'ôter de devant les yeux le déshonneur public que leur attire la mauvaise vie de leurs filles, de leurs sœurs et de leurs femmes, en fassent périr des quantités par le poison, par le fer et par d'autres moyens encore, elles ne laissent pas d'être encore fort nombreuses celles qui, au risque de leur vie, à laquelle elles devraient tenir, au mépris de leur honneur, qui devrait leur être si précieux, se laissent aller au crime pour satisfaire leurs appétits désordonnés. Nous causâmes longtemps, nous recherchions si les lois de la raison naturelle peuvent nous faire comprendre la cause

*de cette vie dissipée des femmes. On pré-
tendait que cela vient du peu de cervelle
que leur a donné la nature; faute d'avoir
cet organe assez développé, elles se
laissent griser par le plaisir du moment, inconscientes du mal qui s'en suit
souvent et du tort qu'elles en éprou-
vent. Mais on répondit que ce motif était
frivole et de peu de valeur, car les
hommes aussi, eux que nous prétendons
mieux conformés, tombent dans les
mêmes erreurs; ils voient tout le jour
pendre ceux-ci, écarteler ceux-là, brûler
ces autres, et cependant, aveuglés par
leurs désirs insatiables, ils ne cessent
pas de se livrer au mal, au brigandage,
à la rapine, de commettre des homicides,
des adultères et mille autres scélératesses. Ordinairement les femmes ne sont
pas si coupables; si elles pèchent, c'est
le plus souvent qu'elles sont trop amoureuses et trop crédules aux flatteries des
hommes; ceux-ci s'étudient chaque jour,
chaque heure (il faut dire ici la vérité)
à tromper quelqu'une d'entre elles, et
beaucoup d'entre eux se figurent avoir*

*remporté un beau triomphe, comme s'ils
avaient chassé le Turc d'Europe, quand
ils ont profité de la simplicité d'une
femme. Il n'y avait pas une seule Dame
présente à notre conversation pour défendre son sexe; nous étions naturellement disposés à tomber sur lui, et faute
de trouver autre chose, nous décidâmes
que toutes les fautes des femmes devaient être attribuées à leur peu de cervelle. Mais, si le monde changeait et
si les femmes, devenues une fois les
maîtresses, pouvaient appliquer leur esprit aux choses de la guerre et aux belles-lettres, dans lesquelles, sans aucun
doute, beaucoup parmi elles excelle-
raient, malheur à nous! Je crois bien
qu'elles nous rendraient mille pour un et
davantage, qu'elles nous feraient rester
toute la journée la quenouille au côté,
auprès du dévidoir; qu'elles nous enver-
raient à la cuisine comme des marmi-
tons, et ce serait peut-être bien fait
pour nous qui leur jouons souvent, au
mépris de toute raison et de toute bien-
séance, tant de mauvais tours, et qui les*

traitons si cavalièrement. Mais je ne vais pas me mettre contre les hommes, ni faire comme les Cacatocci de Milan, qui prennent parti contre leurs amis pour paraître sages; en disant du mal des hommes, j'en dirais de moi-même. Je ne veux pas non plus faire l'application de ce proverbe vulgaire : J'aime Socrate, j'aime Platon, mais j'aime encore mieux la vérité. *Je ne veux pas davantage dire du mal des Dames ni les blâmer, car je suis né d'une femme, je les aime et je cherche toujours, en toute circonstance, à leur témoigner combien je les honore et les respecte, ainsi que le méritent un si grand nombre d'entre elles, mais bien plus les unes que les autres. Je ne vais pas en dresser maintenant le catalogue, je ne me suis pas mis pour cela à écrire cette Nouvelle. Mais je vais vous faire connaître une histoire qui s'est passée au dernier Carême, d'après ce qu'a raconté ces jours derniers notre savant ami Messer Stefano Dolcino, un jour qu'il était à souper avec très-noble signora Cécilia Gallerana, comtesse de*

Bergame. Vous comprendrez, en lisant cette Nouvelle, que malgré toutes les considérations qu'on a fait valoir dans notre discussion, les hommes qui ne savent pas mettre un frein à leurs passions, et les femmes qui, sans souci de leur honneur, le bien le plus cher et le plus précieux qu'elles puissent avoir, se laissent gouverner par leurs désirs amoureux, se préparent le plus souvent une triste fin. Vous y verrez encore le mal que cause la vie scélérate et déréglée de quelques Religieux. Je vous dédie donc cette Nouvelle afin qu'elle vienne aux mains des lecteurs, protégée par votre nom. Vous voudrez bien la montrer à notre aimable Messer Dionisio Elio; je suis sûr qu'il entrera tout de suite dans une grande colère contre le coquin de Moine et, en vérité, il aura grandement raison. Portez vous bien.

UN JÆALOUX

entend la confession de sa femme par le moyen d'un Religieux; puis il la tue.

NOUVELLE IX

ILAN, comme vous le savez tous et comme on peut le voir, est une de ces villes qui ont peu d'égales en Italie. L'industrie de l'homme y a suppléé, pour tout ce qui peut rendre une cité noble, populeuse et riche, à ce que la nature ne lui a pas donné; rien n'y manque de ce qui est nécessaire à la vie; bien plus, les insatiables appétits de l'humanité y ont réuni, avec la délicatesse et la mollesse

de l'Orient, tous les objets précieux et inestimables que notre âge, au prix d'un travail excessif et de périls extrêmes, a conquis sur les siècles passés. Aussi nos Milanais se distinguent-ils de tous par l'abondance et la recherche de leurs mets ; leurs repas sont les plus splendides du monde, et il leur semble que c'est ne pas savoir vivre que de ne pas toujours vivre en compagnie. Que dire du luxe de leurs Dames, de la pompe de ces vêtements couverts d'or battu, de garnitures, de broderies, de dentelles et des joyaux les plus précieux ? Quand une noble Dame paraît à sa porte, on croirait voir l'Ascension, à Venise. Dans quelle ville y a-t-il aujourd'hui, comme à Milan, tant de superbes carrosses, couverts des plus fines dorures, des plus riches ciselures, attelés de quatre magnifiques chevaux ? Où trouverait-on plus de soixante voitures à quatre chevaux, un nombre infini de voitures à deux chevaux avec leurs riches couvertures ornées d'or et de soie, d'un aspect si varié ? Quand les Dames se promènent en car-

rosse par la ville, on dirait qu'on célèbre
un triomphe comme le célébraient autrefois les Romains, lorsqu'après la victoire, les rois humiliés et vaincus, les
provinces subjuguées, ils rentraient dans
Rome. Il me souvient maintenant de ce
que, l'an passé, j'ai ouï dire dans Borgo
Nuovo, à l'illustrissime signora Isabelle
d'Este, marquise de Mantoue, qui se
rendait à Monferrat, parce que le marquis Guglielmo était mort, pour faire ses
compliments de condoléance à la marquise. Toutes nos nobles Dames l'hono-
rèrent de leurs visites, comme elles l'ont
fait chaque fois qu'elle est venue à
Milan. Quand la marquise vit réunis
tant de riches carrosses si pompeusement ornés, elle dit à ces Dames qui
étaient venues pour lui faire honneur,
qu'elle ne croyait pas qu'il y en eût autant et de si magnifiques dans tout le
reste de l'Italie. Donc les Dames de Milan, habituées à ces délicatesses, à cette
pompe, à ce luxe, à ces magnificences,
sont ordinairement de relations faciles,
aimables, gracieuses, naturellement dis-

posées à aimer et à être aimées; elles donnent à l'amour une grande place dans leur vie. Pour dire ce que j'en pense, il me semble que ce sont des femmes accomplies, et que rien ne leur manquerait si la nature ne leur avait refusé un langage en rapport avec leur beauté, leurs habitudes et leur noblesse : et, en effet, la prononciation des Milanais est telle, qu'ils offensent, par leur accent, les oreilles des personnes étrangères à leur pays. Les Dames ne manquent pas, cependant, de chercher à corriger ce défaut de nature; il en est peu qui ne s'efforcent, par la lecture des bons livres courants et par la conversation avec des gens dont l'accent est pur, de s'instruire et d'acquérir, en y habituant leur langue, une manière de parler élégante et agréable qui les fait apprécier bien davantage de ceux qui les fréquentent.

Mais pour en venir à la Nouvelle que je veux vous raconter, et qui arriva l'année dernière, en Carême, je vous dirai qu'il y avait alors à Milan un gen-

tilhomme d'une ville voisine, lequel,
ayant à suivre un procès pour les limites
d'un de ses châteaux, avait installé une
bonne maison où il vivait honorablement
avec ses gens. Il était jeune et riche;
quand il avait deux ou trois fois la semaine (plus ou moins, selon l'urgence)
conféré avec ses procureurs et ses avo-
cats, il laissait le soin de ses affaires à
son Chancelier, qui avait une grande
expérience en ces matières, et ne s'occupait qu'à se donner tout le jour du bon
temps et à chevaucher toute l'après-
midi derrière le carrosse de telle ou de
telle Dame.

Le Comte Antonio Crivello faisant un
jour, comme c'est son habitude, repré-
senter une comédie, donna un somptueux repas à beaucoup de gentilshommes et de nobles Dames; parmi eux
était le jeune homme au procès, que
j'appellerai dorénavant Lattanzio, car
je ne veux pas, pour le moment, faire
connaître son nom véritable, non plus
que celui de la Dame dont j'aurai à
parler, et que je nommerai Caterina. Il

arriva que Lattanzio fut placé à table
auprès de Caterina, qu'il ne croyait pas
avoir jamais vue, ou, du moins, s'il l'a-
vait vue, il ne l'avait pas remarquée. Les
repas amènent d'habitude, entre ceux
qui se trouvent les uns près des autres
pour manger, une grande familiarité.
Elle s'établit effectivement entre la Dame
et Lattanzio, qui se mit à causer avec
elle de choses et d'autres, à découper ce
qui était devant elle, et à lui rendre les
petits services que les hommes rendent à
table aux femmes. Caterina était fort
avenante et gracieuse, elle parlait bien,
et, si elle n'était pas des plus jolies, elle
pouvait du moins se rencontrer avec des
jolies femmes sans trop de désavantage.
Tout en causant, Lattanzio la regardait
avec beaucoup d'attention, son esprit et
sa gentillesse lui plurent; il se mit donc,
sans y prendre garde, à absorber par les
yeux le poison de l'amour, de telle sorte
qu'il s'aperçut bien, avant même de quitter la table, qu'il avait le cœur trop
sérieusement pris déjà. Le repas fini, on
se mit à danser; Lattanzio invita la Dame,

qui accepta gracieusement. Il la prit
par la main, et, tout en dansant lentement, il commença à lui parler d'amour.
Elle parut l'écouter sans déplaisir : Lattanzio alors s'enhardit et lui confia en
termes très-tendres à quel point elle lui
plaisait ; il loua ses belles manières, sa
grace, son urbanité, sa gentillesse et sa
beauté. Enfin il lui déclara l'ardent
amour qu'il éprouvait pour elle, et la
supplia très-vivement de le considérer
comme son serviteur et d'avoir pitié de
lui. La Dame lui répondit avec beaucoup de sagesse qu'elle était heureuse
d'être aimée de lui, parce qu'elle le
croyait un gentilhomme discret, bien
élevé, honnête, et que, quant à elle, elle
voulait, avant tout, conserver son honneur. La danse finit pendant cet entre-
tien ; ils s'assirent alors l'un auprès de
l'autre, continuant les mêmes devis. Tant
que dura la fête (et elle se prolongea
jusqu'après le milieu de la nuit), Lattanzio ne cessa de parler de sa passion ;
elle lui répondait toujours qu'elle était
obligée d'aimer son mari, dont elle de-

vait sauvegarder l'honneur avec le sien,
comme choses plus chères que la vie ;
pour lui, le voyant si gracieux et si
galant, elle voulait bien l'aimer comme
un frère. Lattanzio, s'apercevant que
la Dame lui parlait d'amour sans ré-
pugnance, après avoir pris avec elle
quelques familiarités, s'en contenta pour
la première fois ; il la reconduisit
jusque chez elle, de compagnie avec
beaucoup d'autres hommes et beaucoup
d'autres femmes. Au fond, il en était
très-amoureux, et dès qu'il connut sa
demeure, il chercha à savoir quelle
église elle fréquentait, et sut bientôt
qu'elle allait ordinairement à la messe à
San-Francesco. Il se mit donc aussi
à fréquenter cette église, en compagnie
d'autres gentilshommes qui s'y rendaient
d'habitude, et à faire une cour assidue à
sa chère Caterina ; elle lui montrait bon
visage et paraissait le voir fort volontiers.

Le temps du Carnaval était venu, avec
la licence qu'il amène ; Lattanzio, mas-
qué, et monté sur son genêt, passa un
jour devant la maison de la Dame, qui

était à sa porte ; il s'arrêta, se fit reconnaître d'elle, puis se mit à lui causer, longuement, parlant toujours de son amour. Caterina se montra plus gracieuse qu'à l'ordinaire ; elle rit et plaisanta avec lui très-familièrement ; elle était déjà à moitié décidée à le prendre pour amant, mais elle voulait d'abord le fréquenter un peu pour se rendre compte, s'il était possible, de son caractère et de ses mœurs. Lattanzio, qui trouvait la Dame aimable et familière, la supplia en grace d'avoir pitié de lui et de lui faire connaître ses volontés, disant qu'elle le verrait toujours prêt à lui obéir en tout ce qu'elle lui ordonnerait ; puis il se recommanda humblement à elle et s'en alla. Quand il fut parti, Caterina rentra dans sa chambre et, tout en songeant à l'amour de Lattanzio, les prières affectueuses qu'il lui avait adressées lui revinrent à l'esprit, si bien qu'elle se sentit plus vivement touchée que d'ordinaire. Son mari était un personnage fort désagréable chez lui ; il laissait sa femme aller où elle voulait et s'habiller avec luxe, mais il lui faisait souvent des reproches. Outre cela, il était fort amoureux d'une belle jeune fille qui tenait dans le quartier San-Rafaele, en face de la cathédrale, un magasin de bonnets, de ceintures, de cordons, de collerettes, et autres ajustements féminins ; sa femme l'avait su par une sienne Commère. Cela l'avait mise dans une grande colère et elle était décidée à rendre à son mari la monnaie de sa pièce. Lattánzio lui parut être à souhait pour ce dessein : elle lui fit donc de jour en jour meilleure mine, ce dont il se montrait enchanté. La Commère qui l'avait avertie des amours de son mari demeurait assez près de chez elle, et elle n'avait dans sa maison d'autres personnes qu'un enfant de deux ans et une petite servante. Comme Lattanzio persévérait à faire la cour à Caterina et qu'il lui avait parlé plusieurs fois pendant les fêtes, elle fit un jour appeler sa Commère et la retint à dîner avec elle, comme cela lui arrivait souvent. Le repas achevé, et les masques commençant à passer dans la rue, Cate-

rina se mit à causer à la fenêtre avec
elle. Peu de temps après vint à passer
un groupe de masques; parmi eux, causant avec son voisin, était Lattanzio
monté sur une mule, mais sans masque.
Voyant sa Dame à la fenêtre, il la salua
respectueusement, le bonnet à la main.
Dès qu'il fut passé, Caterina s'empressa
de dire : « Ma Commère, connaissez-vous
» ce jeune homme qui vient de passer
» en causant avec un masque ? — Je
» ne le connais pas, » répondit la Commère, « mais pourquoi cette question ?
» — Je vous le dirai, » reprit l'autre,
« bien sûre que vous ne tromperez pas
» ma confiance et que vous tiendrez se-
» cret, comme vous verrez qu'il le faut,
» tout ce que je vous raconterai. Vous
» devez vous rappeler que je me suis
» bien des fois plainte familièrement à
» vous de l'étrange vie que mène mon
» mari ; il y a sept ans environ que je
» suis entrée dans sa maison ; sauf la
» première année où je n'y faisais pas
» attention, il n'est jamais resté sans
» avoir quelque maîtresse avec laquelle

» il dépense une bonne partie de ses
» revenus. En ce moment, il est toute
» la journée dans le quartier San-Ra-
» faele avec cette Isabella que vous
» connaissez, et il lui a fait cadeau à Noël
» de trente-sept aunes de satin noir de
» Venise. Nous avons, à bien des re-
» prises, lui et moi, échangé des paroles
» désagréables, mais rien ne m'a réussi,
» de sorte que je suis souvent de
» très-méchante humeur en voyant la
» détestable vie qu'il mène. Malheureuse
» que je suis, j'aurais pu épouser un
» Comte de la famille des Languschi de
» Pavie, et mes frères ont voulu que
» j'appartinsse à ce chenapan! Ce qu'il a
» de bon, c'est qu'il me laisse toute
» liberté de m'habiller et d'aller où bon
» me semble, de diriger le ménage et
» dépenser comme je l'entends. Mais il
» est à la maison plus ennuyeux que
» l'ennui lui-même, on ne cuit pas un
» ragoût qui lui plaise et, avec cela,
» jamais il ne commanderait à la cuisine
» quoi que ce soit. Il a toujours à man-
» ger avec lui ceux-ci et ceux-là ; et plus

» il y a de monde, plus il crie et fait de
» vacarme ; il m'accuse toujours de tout
» ce qui est mal, si bien qu'il est, comme
» on dit, un diable chez lui et un
» homme charmant pour les étrangers.
» Mais, ce qui me fâche le plus, c'est
» que le vaurien ne couche pas avec moi
» trois fois par mois, comme si j'étais
» un morceau de marbre, ou que je fusse
» estropiée, ou que j'eusse atteint la
» soixantaine, moi qui n'ai pas encore
» vingt-trois ans, qui suis fraîche, déli-
» cate ; qui, si je ne suis pas la plus belle
» de Milan, puis supporter la compa-
» raison avec les autres, et qui ne man-
» querais certainement pas de gens pour
» me faire la cour, si je le voulais. Je
» sais combien d'amants, et des premiers
» de cette ville, m'ont sollicitée et pour-
» suivie de messages et de lettres ; je les
» ai toujours repoussés, suivant ainsi le
» conseil de ma mère, cette sainte créa-
» ture, qui m'a bien recommandé de
» donner tout mon amour et toutes mes
» pensées à celui que je prendrais pour
» mari, comme l'excellente femme avait

» fait pour mon père. J'ai certainement
» toujours agi de même, avec l'espoir
» que mon mari finirait par renoncer à
» la vilaine vie qu'il mène. Mais il va de
» mal en pis, de façon que j'ai pris le
» parti de penser à moi ; que Dieu me
» pardonne, car je ne puis continuer
» à vivre ainsi. Si j'avais voulu me
» passer d'homme, je me serais faite
» Religieuse avec ma sœur aînée, qui
» est entrée au couvent de Sainte-Radé-
» gonde. Maintenant, ma Commère, je
» vous ai fait ce bref discours pour avoir
» de vous aide et conseil, persuadée que
» vous ferez pour moi tout ce que vous
» saurez pouvoir me procurer joie et
» profit. » La Commère s'offrit avec
beaucoup de bonne grace. Aussitôt Caterina reprit : « Vous avez vu tout à
» l'heure passer ici devant, monté sur
» une mule, ce jeune homme que vous
» m'avez dit ne pas connaître et qui
» me semble discret et aimable. Il m'a
» parlé plusieurs fois pendant ce Carna-
» val, il m'a demandé de l'aimer, mais je
» ne lui ai jamais dit oui. Je dois

» l'avouer cependant : depuis quelques
» jours, je lui ai fait meilleur visage
» qu'à l'ordinaire. Maintenant, j'ai dé-
» cidé que ce serait lui qui, soit de
» jour soit de nuit, remplacerait mon
» mari, et je cherche le moyen le plus
» sûr et le plus facile d'y arriver. Mais
» comme je crois qu'à nous deux seules
» nous ne pourrons pas mener l'affaire à
» bonne fin et satisfaire mes désirs, je
» crois que je ferai bien de m'en ouvrir
» à cette vieille qui couche dans ma
» chambre quand mon mari ne rentre
» pas à la maison, car je ne me fierais
» jamais à une jeunesse. Qu'en dites-
» vous, ma chère Commère ? » La bonne
Dame répliqua en ces termes : — « Vrai-
» ment, Madame, j'ai toujours éprouvé
» bien de la compassion pour vous en
» vous voyant belle, jeune, bien élevée,
» et en sachant la détestable vie de votre
» mari ; ce que vous m'avez dit restera
» à jamais enseveli en moi. Et puisque
» vous vous décidez à ne pas perdre tout
» à fait votre jeunesse, vous faites très-
» bien. Maintenant, je suis d'avis que

» vous me laissiez parler à votre vieille
» et tâter ses intentions ; laissez-vous
» guider par moi, j'espère que je mène-
» rai la barque à bon port. »

Il fut donc décidé que la Commère
parlerait à la vieille et que, si elle la
trouvait bien disposée, on ne tarderait
pas à faire entrer Lattanzio en possession du trésor si ardemment convoité.
Le moyen de le faire venir facilement
auprès de la Dame, toutes les nuits que le
mari ne rentrait pas à la maison, était
déjà trouvé. Il y avait une petite ruelle
sans issue, qui bordait un des côtés de la
maison de Caterina, et sur laquelle s'ouvrait une porte donnant accès dans une
chambre du rez-de-chaussée où étaient
de vieilles cuves à faire le vin, toutes
hors d'usage. Comme cette porte était
restée fermée depuis nombre d'années,
que personne ne s'occupait de ces vieilles cuves, et que l'on ne passait presque
jamais par la ruelle, il n'y avait, à la
maison, domestique ni servante qui s'en
souvînt, d'autant mieux qu'une grande
cuve, placée devant elle, la dérobait en-

tièrement à la vue. Mais l'Amour, qui a plus d'yeux qu'Argus, en prêta un à Caterina, quand elle fut décidée à introduire Lattanzio dans sa maison ; avec cet œil, elle vit la porte, et, tout bien considéré, elle jugea qu'aucune voie ne serait plus sûre que celle-là pour lui permettre de donner enfin à ses désirs pleine satisfaction. La Commère s'aboucha avec la vieille et la trouva prête à faire tout ce que désirait sa maîtresse. Quand toutes trois se furent entendues sur ce qu'il y avait à faire, Caterina chercha tant qu'elle mit la main sur un trousseau d'anciennes clefs, au nombre desquelles la vieille, en les essayant l'une après l'autre, trouva celle qui ouvrait la porte.

Cela fait, un jour que Caterina se tenait, vers la fin du Carnaval, sur le seuil de sa maison, Lattanzio passant en masque et à cheval, s'approcha d'elle et lui souhaita respectueusement le bonsoir. La Dame le reçut d'une façon toute bienveillante et, comme Lattanzio se mettait, ainsi qu'il en avait l'habitude, à

l'entretenir de son amour et à lui demander le moyen de lui parler dans quelque
lieu retiré, elle se fit prier encore deux
ou trois fois ; puis, sentant qu'elle ne
pouvait plus refuser et qu'elle avait
autant le désir de se trouver seule avec
lui qu'il avait envie d'être seul avec elle,
elle lui dit : « Je vais, mon cher Lat-
» tanzio, éprouver ce que tu viens de me
» dire et ce que tu m'as tant de fois
» répété de l'amour que tu as pour moi ;
» je mets entre tes mains ma vie et
» mon honneur. Fais en sorte d'en être
» bon gardien et de me conduire de
» façon qu'il ne m'arrive pas de peine
» et, surtout, pas de honte. Tu vois
» cette ruelle qui est là, près de ma mai-
» son : c'est elle qui te donnera accès
» auprès de moi toutes les fois que mon
» mari n'y sera pas. Et, pour qu'il ne soit
» pas nécessaire de nous envoyer mes-
» sages sur messages, ma Commère, qui
» demeure là, dans cette maison (elle lui
» en montra la porte), et qui est toute dis-
» posée à me servir, t'avertira quand il le
» faudra. Mon mari ne sera ici ce soir,

» si je ne me trompe, ni pour souper, ni
» pour coucher. Elle soupera avec moi
» entre les deux et trois heures de nuit,
» je ferai en sorte qu'à quatre heures
» tous les gens de ma maison soient au
» lit et, à cette heure-là, ma Commère
» rentrera chez elle. Au coup de quatre
» heures, elle t'attendra, tu sauras par
» elle si mon mari doit rentrer ou non
» et tu feras comme elle te dira. Je te
» prie en cette circonstance de te fier le
» moins possible à tes gens, afin que si
» quelqu'un d'eux vient à te quitter,
» comme cela arrive souvent, il ne puisse
» publier notre liaison. » Quand Lattanzio eut entendu ce discours auquel à
peine pouvait-il croire, quand il eut vu,
à l'éclat des yeux de sa Dame, l'amour
qui la consumait, il se considéra comme
le plus heureux et le plus fortuné des
mortels, et demeura si plein d'étonnement, si enchanté, qu'il n'en tenait
pas dans sa peau et ne savait plus que
dire. Il finit cependant par recueillir
ses esprits et fit à la Dame les remercî-
ments les mieux sentis, lui promettant

qu'il s'en irait tout seul trouver sa Commère et qu'il cacherait son amour à tous
ses gens. Enfin, le cœur nageant dans
une mer de joie, il la quitta et rentra
chez lui. Ce soir-là il soupa légèrement,
ivre d'un bonheur sans pareil et se disant
qu'il avait une bonne chevauchée à faire.
Au coup de quatre heures, il sortit seul
et s'en fut tout droit chez la Commère,
qui l'attendait, sa porte entr'ouverte.
Elle lui apprit que le mari n'était pas
venu souper, et ne serait pas chez lui
de la nuit; il y avait bien eu chez la
Dame un de ses frères avec un autre
gentilhomme qu'elle ne connaissait pas,
mais tous deux étaient partis avant elle.
Après qu'ils eurent encore causé de bien
d'autres choses, Lattanzio s'en alla, pénétra dans la ruelle, fit le signal que la
Commère lui avait indiqué, et la vieille,
qui était à la porte, la lui ouvrit, mais
si peu qu'à peine put-il entrer : la cuve
empêchait de l'ouvrir plus largement.
Dès qu'il fut introduit, la vieille le conduisit avec précaution à la chambre de la
Dame. Comment pourrais-je vous racon-

ter l'accueil que se firent les nouveaux amants, les caresses, les baisers, les embrassements qu'ils échangèrent, les plaisirs délicieux qu'ils prirent dès qu'ils se trouvèrent ensemble couchés dans le même lit et jouissant l'un de l'autre? Il me suffira de vous dire que Caterina, le lendemain, jura à sa Commère qu'elle avait eu dans cette nuit-là plus de jouissances qu'elle n'en avait éprouvées depuis tout le temps qu'elle vivait avec son mari.

Au petit jour, Lattanzio, heureux et éreinté, partit après avoir donné à sa belle amie plus de mille tendres baisers. Avant de sortir, il gratifia la bonne vieille de dix ducats d'or, l'engageant à servir fidèlement sa maîtresse et lui promettant d'être toujours prêt à l'obliger : la vieille, qui n'avait jamais eu tant d'or entre les mains, le remercia beaucoup et fut tout à fait contente. Lattanzio, rentré chez lui, se mit à dormir, car il avait chevauché toute la nuit.

Les affaires marchèrent de telle sorte que pendant toute une année Lattanzio alla souvent coucher avec sa Dame, et tous deux se donnaient le meilleur temps du monde. La Commère eut par ce moyen force ducats de Lattanzio, qui lui promit aussi de prendre son fils pour page quand il serait grand.

Il y avait un an à peu près que nos deux amants jouissaient l'un de l'autre, comme je l'ai dit, si bien que leurs plaisirs, ayant commencé en Carnaval, avaient duré jusqu'au Carnaval suivant. Tout à coup le mari de Caterina se mit en tête, je ne saurais dire à quelle occasion, que, puisqu'il couchait si rarement avec sa femme, elle devait avoir quelqu'un pour cultiver à sa place son jardin et pour l'arroser plus souvent qu'il ne l'aurait voulu. Cela le rendit jaloux (il ne savait trop pourquoi); il se mit à rester chez lui plus que d'habitude, la nuit surtout, ce qui ne plaisait guère à nos deux amoureux. Quand vint le Carême, le mari prit la résolution d'écouter, s'il le pouvait, la confession de sa femme. Sa décision prise, il alla à Santo-Angelo trouver le Religieux au-

quel il savait que Caterina se confessait
d'ordinaire; il lui parla de choses et
d'autres, entra dans sa familiarité, et
cultiva si bien ces relations, que le
Moine, trahissant son devoir, se laissa
prendre et éblouir par les promesses, au
point d'offrir au mari une place auprès de
lui dans le confessionnal, quand il devait
entendre la confession de sa femme. Cela
convenu, le jaloux donna au Religieux
une poignée de ducats, que celui-ci reçut dans un pan de son froc, pour ne
pas y toucher de la main, et attendit patiemment que sa femme allât à confesse.

La Dame avait l'habitude de faire pré-
venir un jour d'avance son père spirituel; le jaloux le savait, et il dicta au
Moine les questions qu'il devait adresser. Le jour venu, Caterina monta en
voiture après dîner, et se rendit à Santo-
Angelo où déjà son mari était arrivé.
Elle fit aussitôt appeler le bon Père,
et entra dans un de ces petits cabinets
disposés pour entendre la confession.
De l'autre côté, saisissant l'occasion,
et s'arrangeant pour n'être pas vus, en-

trèrent le misérable Moine et ce mari,
fou de jalousie, qui venait chercher là
ce qu'il aurait bien voulu ne pas trouver; ils entrèrent, dis - je, dans l'autre compartiment. La confession commença; on en vint à parler du péché de
luxure, et la Dame confessa celui qu'elle
commettait avec son amant. — « Oh! oh!
» ma fille, » s'écria le scélérat de Moine,
« ne t'en ai-je pas reprise vigoureuse-
» ment l'année dernière, et ne m'as-tu
» pas promis que tu ne le ferais jamais
» plus ? Voilà donc comment tu tiens tes
» promesses ? — Mon père, » répondit la
Dame, « je n'ai pas su et je n'ai pas pu
» faire autrement; la cause de tout cela,
» c'est la méchante vie de mon mari,
» qui me traite comme vous le savez, et
» comme je vous l'ai dit les autres fois.
» Je suis une femme de chair et d'os
» comme les autres, et, voyant que mon
» mari ne s'est jamais soucié de moi, je
» me suis pourvue le mieux que j'ai pu.
» Au moins fais-je en sorte que mes
» affaires sont secrètes, tandis que celles
» de mon mari sont la fable du public;

» non-seulement on en parle dans la
» société, mais encore on les met en
» chansons chez les barbiers et partout.
» Ce que je fais n'amène pas pareil scan-
» dale; au contraire, tout le monde me
» plaint et dit que mon mari ne mérite
» pas une aussi bonne femme que moi.
» Je l'ai supporté pendant sept ans, avec
» l'espoir qu'il s'amenderait et qu'il re-
» noncerait aux femmes des autres, mais
» cela va de mal en pis. Il m'en coûte
» d'agir de la sorte, je sais que j'offense
» Notre-Seigneur Dieu, mais je ne puis
» faire autrement. — Ma fille, » reprit le prêtre, « il ne faut pas conti-
» nuer, ces excuses ne valent rien. Tu ne
» dois pas faire mal, parce qu'un autre
» fait mal, mais il convient de suppor-
» ter toute chose patiemment et d'at-
» tendre le moment où Dieu touchera le
» cœur de ton mari. Peut-être encore
» ne fait-il pas tout ce que tu dis. Mais
» qui est ton amant? — C'est, mon
» père, » répliqua la Dame, « un jeune
» gentilhomme, qui m'aime plus que sa
» vie. — Je te demande, » dit le Moine,

« comment il se nomme ? » A cette
question, la Dame qui avait déjà entendu dire au sermon qu'on ne doit jamais nommer en confession l'homme
avec qui l'on commet le péché, pour ne
pas le déshonorer, répondit avec quelque
étonnement : — « Oh! mon père, que
» me demandez-vous là ? Je ne puis vous
» le dire, j'ai à confesser mes péchés et
» non pas ceux de mon ami. » Il y eut
encore bien des paroles échangées à ce
propos, mais la jeune femme ne voulant
pas promettre d'abandonner son amant,
le Frère refusa de l'absoudre. Elle sortit
du confessionnal, entra dans l'église et
dit ses prières; puis elle s'en alla pour
monter dans sa voiture. Son stupide
mari, au cœur félon, à l'esprit obtus,
sortit aussi du confessionnal et du couvent, et se dirigea droit vers la voiture
de sa femme, qui, le voyant, l'attendit.
Arrivé près d'elle, il dégaina un poignard qu'il portait au côté, et lui dit :
— « Ah! effrontée putain! » puis il lui
plongea ce poignard dans le corps, et
elle tomba à terre, morte! Cet événe-

ment fit beaucoup de bruit, et attira un grand concours de peuple. Le mari s'en alla je ne sais où, et, peu de temps après, se réfugia sur le territoire de Venise, où il chercha à faire sa paix avec ses beaux-frères. Mais, un jour qu'il était à la chasse, ceux-ci le firent tailler en pièces.

Voilà donc ce qu'amena, de la part d'un mari, le désir effréné d'apprendre, par des moyens malhonnêtes, ce qu'il ne devait pas savoir, et quel résultat eut la scélératesse d'un mauvais Religieux qui, à ce que m'a certifié quelqu'un qui devait le savoir, fut mis dans un *in pace*, de quelle sorte de paix nous garde tous Notre-Seigneur Dieu!

FIN

DU TOME PREMIER

TABLE DES MATIÈRES

DU TOME PREMIER

Paris. — Imp. MOTTEROZ, 54 bis, r. du Four.

www.ingramcontent.com/pod-product-compliance
Lightning Source LLC
Chambersburg PA
CBHW070331030726
47505CB00004B/1159